黑桃皇后與貝爾金小說集

普希金經典小說新譯

櫻桃園文化

國家圖書館出版品預行編目（CIP）資料

黑桃皇后與貝爾金小說集：普希金經典小說新譯 / 亞歷山大．普希金 (Alexander Pushkin) 著 ; 鄭琦諭、盛佑 譯 . -- 臺北市 : 櫻桃園文化 , 2023.5
272 面 ; 14.5x20.5 公分 . -- (經典文學 ; 6)
ISBN 978-986-97143-8-9 (平裝)
880.57　　　　　　112005184

經典文學 6
黑桃皇后與貝爾金小說集：普希金經典小說新譯
Александр С. Пушкин. Пиковая дама. Повести покойного Ивана Петровича Белкина

作者：亞歷山大．普希金（Alexander Pushkin）
譯者：鄭琦諭、盛佑
導讀：鄢定嘉、王寶祥
編輯：丘光，特約編輯：安歌
校對：林涵婕
插圖（封面及內頁）：亞歷山大．普希金、林彥豪
版面設計（封面及內頁）：丘光
出版者：櫻桃園文化出版有限公司
地址：116 台北市文山區試院路 154 巷 3 弄 1 號 2 樓
電子郵件：vspress.tw@gmail.com
網站：https://vspress.com.tw/

印製：世和印製企業有限公司

總經銷：遠足文化事業股份有限公司
地址：231 新北市新店區民權路 108-2 號 9 樓
電話：02-22181417　傳真：02-86671891

出版日期：2023 年 5 月 26 日初版 1 版（тираж 1 тыс. экз.）
定價：340 元

本書譯自俄文版普希金作品集：А. С. Пушкин. Собрание соченений в 10-ти томах, изд. Художественная литература, Москва, 1975

黑桃皇后與
貝爾金小說集

普希金經典小說新譯

Пиковая дама

Повести покойного Ивана Петровича Белкина

Александр С. Пушкин

亞歷山大・普希金 著　　鄭琦諭、盛佑 譯

評價讚譽

普希金是一個特殊現象，也許是俄羅斯精神的唯一現象……他的俄羅斯天性、俄羅斯心靈、俄羅斯語言、俄羅斯性格，就像景色映在凸透鏡上那般，映得如此純淨，如此澄澈美好。

——果戈里

他（普希金）詩作的本質和所有的特色，都與我們民族的本質特色相互契合。除了他文字所散發的英勇的美、力量與明亮，那直率的真實、沒有謊言和空泛詞藻、質樸，那坦率真誠的種種感受——普希金作品中所有美好俄羅斯人的所有這些美好特質，不只震撼了我們和他的同胞，更震撼了那些可以讀到他作品的外國人。

——屠格涅夫

你（普希金）就像是初戀，俄羅斯的心靈不會把你忘懷！……

——丘切夫

普希金幾乎給了我們所有的藝術形式，他寫的《黑桃皇后》是幻想藝術的極品。

——杜斯妥也夫斯基

您（編按：指友人戈洛赫瓦斯托夫）不會相信，最近我帶著一種好久沒有體會到的喜悅，在您之後，也讀了《貝爾金小說集》——這是我此生第七次讀它。作家應該要不停地研究這份珍寶。這次的新研究對我的寫作起了很大的作用（編按：此時一八七三年托爾斯泰正著手寫《安娜．卡列尼娜》）。

——托爾斯泰

普希金之於我們，是一切開端的開端。

——高爾基

普希金是第一位偉大的俄羅斯作家。

——納博科夫

他（普希金）戰勝了時間和空間。

——阿赫瑪托娃

閱讀普希金，你就知道散文體裁作品是可以沒有淵博學識，沒有哲學或宗教，甚至沒有明確的思想精神也行的。也就是說，只要好好地說故事、說日常事件就夠了，那生活上的奧祕、精神上的內容等等，都將會自行顯現出來。對我來說，《貝爾金小說集》的神奇之處就在這裡，它都只是平淡述說的「生活中的事件」。沒有一本書像《貝爾金小說集》那樣讓我重讀那麼多次，或許大概有三十次。

——多甫拉托夫

目次

普希金在〈高加索的俘虜〉手稿中的自畫像。

黑桃皇后

[1]

鄭琦諭 譯

[1] 此中篇小說在一八三三年秋天寫於博爾金諾（Boldino，在莫斯科東南方約六百公里處，屬於尼日哥羅德省，是普希金家族的莊園），隔年出版很受歡迎。普希金曾在一八三四年四月七日的日記中提到：「我的《黑桃皇后》大為流行。賭徒們經常下注在３、７、Ａ。宮廷裡也有人找出了老伯爵夫人和戈利岑娜公爵夫人（N. P. Golitsyna, 1741-1837）之間的相似處，而且大家好像並不生氣……」據普希金的朋友納曉金（P. V. Nashchokin, 1801-1854）說，關於小說中老伯爵夫人和紙牌祕密的故事，是普希金改編自當時的真人真事，他指出，老伯爵夫人的形象不只取自前面提到的戈利岑娜公爵夫人，還有札格里亞日斯卡雅伯爵夫人（N. K. Zagryazhskaya, 1747-1837），後者是普希金岳母的伯母。——俄文版編注（以下注釋除特別標示外，皆為譯注）

黑桃皇后表示暗藏凶兆。

——最新的占卜書[1]

[1] 在普希金當時的占卜書上有寫到：「黑桃皇后表示令人不快的女人」，並警告：「應小心提防以免之後徒悲傷」或「要準備好面對不愉快的事」。——編注

1

陰雨之日
他們時常聚首；
神啊，請寬恕他們！——
賭注從五十加倍到一百，
有時贏錢，
就以粉筆勾銷賭債。
如此，在陰雨之日，
他們幹著這些勾當。[1]

[1] 題詞出自普希金一八二八年給維亞澤姆斯基（P. A. Vyazemsky, 1792-1878）的信。——俄文版編注

有一次，我們在近衛騎兵軍官納盧莫夫那裡玩牌。長長的冬夜悄然而過；清晨四點我們才就座吃晚餐。那些贏了錢的人吃得很香，而其他人則失落地坐在自己空空的碗盤前面。不過香檳一上，對話活絡了起來，所有人都加入其中。

「你玩得怎樣，蘇林？」主人問。

「像往常一樣輸了。必須承認，我很倒楣：每次賭都下小注[1]，從不急躁，我也沒什麼好慌的，但老是輸！」

「你從來都沒有被誘惑嗎？從來都沒有**連續押注在同一張幸運牌**嗎？……你的定力真讓我驚訝。」

「那格爾曼呢！」其中一個客人說，同時指著一個年輕的工程官，「這個人從出生到現在，連張牌都沒摸過，一次也沒折過紙牌角[2]，可卻和我們待到快五點，光看我們玩牌！」

---

[1] 原文用「米蘭多利」（мирандоль），紙牌賭博中的一種玩法，每次都下同樣的賭注（通常是較小的注），不加大賭注，屬於保守型的賭法。——編注

[2] 當時的賭博行話，把紙牌折角表示賭注加倍。

「牌局真的很吸引我，」格爾曼說，「可是我沒有那個本錢把生活所需投到獲取非分之財的期望裡。」

「格爾曼是個德國人：他算得可精了，這就是為什麼！」托姆斯基這麼說，「但真要說有誰讓我怎麼都摸不著頭緒，那就屬我奶奶——伯爵夫人安娜．費多托芙娜了。」

「為什麼？怎麼說？」賓客們叫了起來。

「我就不能理解，」托姆斯基繼續說，「不知道到底為什麼，我的奶奶就是不賭牌。」

「一個八十歲的老太太不賭牌，」納盧莫夫說，「這有什麼好訝異的？」

「所以關於她的事，你真的什麼都不知道嗎？」

「不知道！真的什麼都不知道！」

「啊，那請聽我說吧：

「應該要知道，我的奶奶在六十年前去了巴黎一趟，在那裡非常受歡迎。人們都追著她跑，為的就是要看一眼『莫斯科的維納斯』[1]；黎希留[2]追求她，而奶奶信誓旦旦地說，他因為她的殘忍還差點沒舉槍自盡。

「那個時候，女士們都在玩法老牌[3]。有一次，在宮廷裡她輸了一大筆錢給奧爾良公爵[4]，但只先口頭欠著。回到家後，奶奶卸下了臉上的美人痣[5]，脫下身上的裙撐，告訴爺爺她賭輸錢了，並命令他付錢。

「我那已經去世了的爺爺，就我所記得，比較像是奶奶的管家。他很怕她，就像

---

[1] 原文用法文「la Vénus moscovite」，這是戈利岑娜公爵夫人在巴黎社交場合的外號，普希金把她拿來作為奶奶這個人物的原型。——編注

[2] 這個姓氏來自法國十七世紀以來的政治權貴家族。——編注

[3] 法老牌（pharaoh），一種源自法國的紙牌賭博，十九世紀在俄國非常流行；基本玩法是，閒家選出一副牌中的一張下注，莊家持另一副牌依照先右後左的順序連續發牌並翻開，直到閒家下注的牌的點數出現為止，該下注牌點數若開在莊家右邊，為莊家贏，若開在莊家左邊，則閒家贏。。——編注

[4] 按奶奶在法國的年代來看，這位奧爾良公爵應指路易．菲利普一世（Louis Philippe I, 1725-1785）。

[5] 指假痣，一種化妝品。

怕火一樣。不過，當爺爺聽到輸了這麼大筆的錢，他就失去理智了，拿著帳本給奶奶看，告訴她，只不過半年的時間，他們已經花了五十萬，而巴黎附近也沒有他們莫斯科近郊和薩拉托夫那裡的農村領地，所以堅持拒絕付帳。奶奶賞了爺爺一巴掌，就獨自躺下睡覺，以表示自己的不快。

「隔天她命人叫來自己的丈夫，希望昨天的家庭處罰對他有點效果，但卻發現他無動於衷。這是奶奶生平第一次向爺爺好好解釋、講道理，想要對他動之以情，寬容地向他表明，就如同貴族親王和馬車工匠有所不同，所有的債也都各自相異。『有什麼差？』爺爺大發雷霆，『不要就是不要，沒什麼好說的！』奶奶不知該如何是好。

「那時有個很不得了的人跟奶奶很熟，你們聽過聖．傑曼伯爵[6]嗎？就是人人都說得出他一堆神奇故事的那位。你們知道嗎，這個人老是偽裝成『永世流浪的猶太

[6] 聖．傑曼伯爵（The count of St. Germain, 1710-1784），是法國十八世紀的傳奇人物，身分包括煉金術士及冒險家等。——俄文版編注

人』[1]，或是不老靈藥、賢者之石[2]和其他東西的發明家。人人都嘲笑他，像在笑一個招搖撞騙的人一樣，而卡薩諾瓦[3]在自己的回憶錄裡，說他是個間諜。不過，雖然聖．傑曼滿身的祕密，他卻有著一個令人肅然起敬的外表，在社交場合上也是個好相處的人。奶奶到現在還對他神魂顛倒，只要有人對他出言不遜，她就會生氣。奶奶知道，聖．傑曼可能有一大筆錢，所以決定向他求救。她給伯爵寫了張字條，請他立刻過來一趟。

「那位古怪的老頭馬上就來了，剛好在她痛苦萬分的時候出現。奶奶用最惡毒的語氣向他訴說自己丈夫的野蠻行徑，最後跟他說自己所有的希望都寄託在與他的友誼和他的關愛上。

「聖．傑曼考慮了一下。

「『我可以幫忙您解決這筆錢，』他說，『但我也知道，在您給我還完錢之前，

---

[1] 傳說裡一位長生不老的人，相關的故事從十三世紀開始在歐洲流傳。

[2] 傳說或神話中的物質，據傳可將非貴金屬變成黃金，也可以治百病或長生不老。

[3] 卡薩諾瓦（Giacomo Girolamo Casanova, 1725-1798），義大利有名的冒險家，留下一本有趣的回憶錄。——俄文版編注

是不會安心的，而我也無意把您拖進新的麻煩裡。有另一個方法：您可以贏回輸掉的錢。』

「『可是親愛的伯爵，』奶奶答道，『我跟您說了吧，我們現在一毛錢也沒有。』

「『在這種情況下不需要錢，』聖・傑曼伯爵回道，『請聽我說吧。』他就向奶奶揭露一個祕密，那是我們在座每一個人都願意不計代價弄到手的祕密……」

年輕的賭徒們更加注意聽了。托姆斯基抽起了菸斗，深吸了一口菸，便繼續說：

「就在當晚，奶奶出現在凡爾賽宮，上了皇后的賭桌[4]。奧爾良公爵做莊，奶奶輕描淡寫地為自己還沒還債道了歉，扯了個小謊當作辯解，然後就坐下來開始和公爵對賭。她抓了三張牌，並一張接著一張牌下注：這三張牌讓她一開牌就贏了，而奶奶也把錢全贏了回來。」

「巧合！」一位客人說。

[4] 原文用法文「au jeu de la Reine」，按奶奶在法國的年代，此處應指法王路易十六（Louis XVI, 1754-1793）的皇后瑪麗・安東妮（Marie Antoinette, 1755-1793）。——編注

「編故事吧！」格爾曼表示。

「說不定，是牌上抹了粉出老千[1]？」另一個人接著說。

「我不這麼覺得。」托姆斯基慎重地回答。

「怎麼這樣！」納盧莫夫說，「你有個能連續猜對三張牌的奶奶，可你到現在卻還沒從她那邊學來這招密技？」

「對啊，真是活見鬼了！」托姆斯基答道，「連我父親在內，她總共有四個兒子，每一個都是無可救藥的賭徒，但她從沒向他們任何一個說出自己的祕密，即便這對他們而言一點也不壞，甚至對我而言也是。但我舅舅，伊凡·伊里以奇伯爵，卻告訴過我，他還以自己的名譽向我保證，已經過世的恰普利茨基，就是那個揮霍了上百萬而死於貧困的那位，他年輕時有一次輸了（記得好像是輸給左里奇[2]）將近有三十萬吧。他當時非常絕望。總是對年輕人的胡鬧很嚴格的奶奶，不知怎麼對恰普利茨基很是憐憫。

[1] 當時做牌的方式可能會在紙牌上抹粉。

[2] 左里奇（Semyon G. Zorich, 1743-1799），女皇葉卡捷琳娜二世（Ekaterina II, 1729-1796）的寵臣，是個賭癮很大的人。——俄文版編注

她傳給他這三張牌的祕密，讓他能一張接著一張牌下注，並要他發誓，說自此之後再也不賭了。恰普利茨基到贏他錢的對手那裡去，他們坐下來開始打牌。恰普利茨基第一張牌押注五萬，一開牌就贏了；他加倍下注，再次加倍下注——最後他贏回本了，而且還多贏了一些……」

不過，是時候睡覺了：再過一刻就六點了。

事實上，已經天亮了：年輕人們把自己杯子裡的飲料喝空，也就散去了。

2

「看來，您就是對貴族侍女情有獨鍾。」

「能怎麼辦呢，女士？她們比較新鮮。」[1]

——上流社會的對話

年邁的○○伯爵夫人坐在自己梳妝更衣室裡的鏡子前，三個侍女圍繞著她。其中一個拿著一盒胭紅，另一個拿著一匣簪子，第三個則拿著一頂高聳附裝飾帶的火紅包髮帽。伯爵夫人對早已衰老的美貌一點心思也沒有，但卻保留了自己年輕時候的所有

[1] 原文用法文「Il paraît que monsieur est décidément pour les suivantes./ Que voulez-vous, madame? Elles sont plus fraîches.」。——俄文版編注

習慣，嚴格遵守一七七〇年代的時尚，她就像六十年前那時一樣，花好長的時間用心打扮。窗邊的繡花架後面，坐著一位小姐——是她的養女。

「奶奶您好，」一位年輕的軍官走進房後說道，「您好，麗莎小姐。奶奶，我有件事想拜託您。」

「什麼事呢，保羅。」

「請允許我向您介紹我的一個朋友，星期五讓我帶他到舞會上來給您看看。」

「直接把他帶到舞會上，在那裡介紹給我吧。你昨天在〇〇那裡嗎？」

「那還用說！氣氛歡快得很，我們在那裡跳舞跳到五點。葉列茨卡雅真是美極了！」

「欸，我的乖孫！她哪有什麼好？不就她奶奶達莉雅．彼得羅芙娜公爵夫人那個樣子？……對了，我想，達莉雅．彼得羅芙娜公爵夫人，她是不是已經很老啦？」

「還能有多老？」托姆斯基漫不經心地答道，「她七年前就死了。」

小姐抬起頭來，向年輕軍官給了個暗示。他才想起，大家都向年邁的伯爵夫人隱瞞了她這位同齡人的死訊，這才咬緊自己的嘴唇。但伯爵夫人聽到這個對她來說還算新的消息，卻是一副漠不關心的樣子。

「她死啦！」伯爵夫人說，「我還不知道呢！當年我們一起受封成為宮廷女侍從，當我們被引薦時，女皇陛下還……」

然後伯爵夫人又開始跟她的孫子講她那已經講了一百遍的笑話。

「唉，保羅，」她之後說，「現在幫我一把，扶我起來。小麗莎，我的鼻煙盒哪去了？」

伯爵夫人和她的侍女們到屏風後面去完成梳妝打扮。托姆斯基和小姐留在原處。

「您想介紹的人是誰啊？」伊麗莎白·伊凡諾芙娜[1]輕聲問。

「納盧莫夫。您知道他嗎？」

「不知道。他是個軍人還是個文官？」

「軍人。」

「工程官嗎？」

[1] 麗莎正式的名與父名。

「不，是個騎兵軍官。但您為什麼會覺得他是個工程官呢？」

小姐笑了起來，一句話也沒有回答。

「保羅！」伯爵夫人從屏風後面喊著，「給我送點什麼新的小說來，但拜託，不要時下的小說。」

「怎麼說呢，奶奶？」

「就是不要那種主角掐死爸爸又勒死媽媽的小說，也不要有溺水屍體的。我實在是怕死溺死鬼了！」

「現在沒有這種小說了。您想不想讀讀俄文小說啊？」

「難不成還有俄文小說？送來吧，我親愛的，請送來吧！」

「不好意思，奶奶，我趕著走了……不好意思，伊麗莎白．伊凡諾芙娜！但您到底為什麼覺得納盧莫夫是個工程官？」

托姆斯基從更衣室離開了。

伊麗莎白．伊凡諾芙娜獨自留下：她停下手邊工作，開始看向窗外。很快地，街道一邊轉角處的房子，出現了年輕軍官的身影。紅暈爬滿她的臉龐，她又繼續剛剛的工作，向著剛剛的繡花底布低下頭去。這個時候，伯爵夫人走了過來，已經完全穿戴整齊了。

「吩咐下去，小麗莎，」伯爵夫人說，「準備馬車，我們去兜兜風。」

麗莎從繡花架下站起身來，開始收拾自己的女紅。

「妳是怎麼回事？我的媽呀！聾了嗎？」伯爵夫人叫了起來，「快點叫人備車啊！」

「我就去！」小姐輕聲答道，便往前廳跑去了。

僕人走了進來，把保羅．亞歷山德羅維奇送來的書拿給伯爵夫人。

「很好，謝謝。」伯爵夫人說，「麗莎，小麗莎！妳是跑去哪裡了？」

「穿衣服。」

「來得及的，老媽子。坐這吧，把第一本打開，念出來……」

小姐拿起了書，念了幾行。

「大聲點！」伯爵夫人說，「妳是怎麼了？我的媽啊，聲音啞了嗎？等一下，把小凳子移向我這邊一點，欸，近一點……」

伊麗莎白．伊凡諾芙娜又讀了兩頁。伯爵夫人打了個呵欠。

「把書放下吧，」她說，「這是什麼鬼扯蛋！把這送回去給保羅公爵，跟他道謝……馬車呢？」

「馬車準備好了。」伊麗莎白．伊凡諾芙娜往街上看了一眼說道。

「妳怎麼沒穿好衣服呢？」伯爵夫人說，「老是要等妳！老媽子，真讓人受不了。」

麗莎跑進自己的房間。還沒過兩分鐘，伯爵夫人開始用力搖鈴叫人，三個侍女從同一扇門跑來，男僕則從另一扇門過來。

「幹什麼你們一個個都叫不來？」伯爵夫人說，「去告訴伊麗莎白．伊凡諾芙娜我在等她。」

伊麗莎白．伊凡諾芙娜身穿家居長衫、頭戴著帽子走了進來。

「終於啊，我的媽呀！」伯爵夫人說，「妳穿這什麼東西！幹嘛穿這樣？……是要勾引誰嗎？……今天是什麼天氣？好像起風了。」

「絕對沒有，伯爵夫人！一點風都沒有！」男僕回答。

「您老是說話不經大腦！把氣窗打開看看。這不就是了——起風呢！而且還涼颼颼的！去把馬車撤了！小麗莎，我們不出門了，沒什麼好打扮的。」

「這就是我的人生！」伊麗莎白．伊凡諾芙娜心裡想。

事實上，伊麗莎白．伊凡諾芙娜是這世上最不幸的人了。但丁說，別人家的麵包吃著苦，別人家的門階爬著吃力[1]，有誰能像貴族老太太可憐的養女一樣，了解身不由己的苦楚？○○伯爵夫人當然本性不壞，但是她就像那些被上流社會寵壞了的女人一樣任性，也像所有那些在自己的黃金歲月風光過、與現世又格格不入的老人們一樣，吝嗇又冷漠自私。她參與了上流社會中所有的無謂應酬，在一場又一場的舞會走動。舞會上她總是照著過時老氣的風尚穿著打扮，坐在角落，像宴會廳裡一個醜陋又不可或缺的裝飾。一個個來客向她彎腰行大禮，也不過是依照約定俗成的儀式一般，之後就再也沒有人有心思應付她了。她依照嚴格的禮節，在家裡接見了整城的人，可是卻一個人也認不出來。無數的家僕在她家的前廳和女僕房賴著，吃胖了肚子、長白了鬍子，為所欲為，爭相偷光這個快要過世的老太婆的家產。伊麗莎白．伊凡諾芙娜則是

---

[1] 俄國諺語，表示寄人籬下，滿腹辛酸。

這個家裡的受難者。她一遍又一遍地倒茶，卻一次又一次因為給太多糖被罵；她朗讀一本本小說，可作者一個個的錯誤卻都是她的錯；她陪著伯爵夫人去散步，還得為天氣和路況負責。賞賜給她的一次也沒全數收到過，卻被要求要穿戴得和所有的「少數人」一樣。在這個社交場合上，她扮演著最可憐的角色。所有人都知道她，卻沒有人注意到她；她只有在舞會上舞伴不夠的時候，才能上場跳跳舞，而女士們往往只在需要到梳妝室整理服裝儀容時，才想到要找她。她自尊心強，也清楚自己的處境，所以總是焦急地注意著四周，期待自己的救星出現；但年輕人考量到自己輕浮的虛榮心，即使伊麗莎白．伊凡諾芙娜比起那些他們成天跟前跟後、蠻橫冷漠的待嫁姑娘，還要好上一百倍，他們也並沒有對伊麗莎白有太多心思。多少次，她撇下豪華而無趣的客廳，回到自己那間簡陋的房裡哭泣。那裡只有一片用壁紙糊的屏風、一個抽屜櫃、一面小鏡子、一張上了漆的床，還有一根在銅燭台上昏暗地燒著的牛油蠟燭。

有一次——就是故事一開頭所說的那個夜晚過後的兩天，也剛好是我們剛剛停住的那個場面之前的一個禮拜——伊麗莎白．伊凡諾芙娜坐在小窗旁刺繡，無意間往街上瞧了一眼，就看到了一位站著動也不動、雙眼直直望向她窗戶的年輕工程官。她低下頭來繼續做事，過了五分鐘再瞥上一眼——那個年輕軍官還站在同個位置上！伊麗莎白沒有和路過的年輕軍官眉來眼去的習慣，所以她頭也不抬地縫了快兩個小時，再也沒往街上看過。然後午餐上桌了。她站起來，收拾自己的女紅，不經意地看了街上一眼，居然又看到了那位軍官！這在她看來實在很奇怪。午餐過後，她懷著忐忑的心走近小窗，但軍官已經不見——而她也把他給忘了。

過了兩天，伊麗莎白和伯爵夫人出門坐上馬車時，她又看見他了！年輕軍官就站在大門口，用河狸皮領子蒙住臉，而他黑色的眼眸自帽緣下閃現。伊麗莎白．伊凡諾芙娜嚇了一跳，還沒反應過來就懷著莫名的激動坐上了馬車。

一回到家，伊麗莎白就往窗邊跑——那個軍官還站在同樣的位置上，雙眼定定望向她：她走了開來，一邊好奇得要死，一邊又被那對她而言全然新鮮的感覺給弄得七上八下。

從那天過後，年輕軍官沒有一天不在特定的時間來到她家窗下。

他們兩人之間建立了一種不須言語約定的往來關係。當伊麗莎白坐在自己的位子做事，就能感覺到年輕軍官的到來；抬起頭來，一天天看著他的時間越來越長。這個年輕人好像是因此很感謝她：她以年輕銳利的眼神看出，每次只要他們的眼神交會，年輕軍官蒼白的臉頰很快就紅了起來。一個星期之後，她對他笑了一下……

當托姆斯基提到要向伯爵夫人介紹自己的友人時，這可憐女孩的心跳怦怦地加快了起來。不過，一知道納盧莫夫不是工程官，而是近衛騎兵軍官時，她實在很後悔，因為一個冒昧失禮的問題而向輕佻的托姆斯基洩漏了自己的祕密。

格爾曼的父親是一個俄羅斯化的德國人，身後留給格爾曼的財產不多。格爾曼堅信自己必須確保經濟上的獨立自主，所以他沒碰遺產和連帶的利息，單靠著一份薪餉過活，一絲一毫也不允許自己揮霍。然而，格爾曼是個不表露自己內心，卻又愛慕虛榮的人，所以他的同儕很少有機會能嘲笑他過分的節儉。他是個有著熊熊熱情和奔放想像力的人，不過他的堅毅將他從青春年少常見的誘惑中救了出來。比如說，即便自己骨子裡就是個賭徒，他手裡從來也沒拿過一張牌，因為考量到自己的狀況並不允許他（如他所說）**把生活所需投到獲取非分之財的期望裡**，然而卻整夜坐在牌桌旁，一邊亢奮地顫抖著，一邊看著一次又一次的牌局。

這個關於三張牌的趣聞觸動了他的想像力，而且整個晚上都沒有從他腦海裡消散。

「要是，」他隔天在彼得堡漫步時想著，「要是老伯爵夫人向我公開自己的祕密呢！或是把那三張可靠的牌告訴我呢！何不試試自己的好運呢？向她自我介紹，贏得她的好感——說不定還會當上她的小男朋友——但這一切都需要時間，而她已經八十七歲了——沒準過一個星期，甚至只要兩天就死了！而且這個趣聞……到底能不能信啊？……不！精打細算、節制，還有勤勞：這才是我可靠的三張牌，只有這樣才能讓我的財產翻到三倍，甚至翻到七倍，才能帶給我安寧和獨立！」

正當格爾曼這麼反覆思量的同時，他無意間走到了彼得堡一條重要的街道上，一幢歷史悠久的建築前面。這條路上停滿了大大小小的馬車，而且一輛接著一輛駛向燈火通明的宅邸大門。從這些馬車上陸續不斷伸出各種各樣的腿和鞋：年輕美女勻稱的腿、穿著條紋長襪的腿、蹬蹬響的高筒皮靴，還有外交使節的短筒皮鞋。毛皮大衣和斗篷從派頭十足的門房身邊閃過。格爾曼停了下來。

「這是誰的房子？」他向一個街角的崗警打聽。

「是〇〇伯爵夫人的。」崗警回答。

格爾曼內心激動了起來。他又再次想起那個令人驚奇的趣聞。他開始在這間房子附近走來走去，同時想著房子的女主人，還有她那神奇的能力。他很晚才回到自己寒酸簡陋的小地方；久久不能成眠，而當他終於入睡，他夢見了一張張紙牌、綠色的牌桌、一疊疊紙鈔，還有一堆堆金幣。他牌一張接著一張下注，下得毅然決然，贏個不停，給自己撈了一把金子，口袋裝滿了鈔票。當他醒來時，已經晚了，他為自己失去的幻想財富嘆息過後，就去城裡晃，而走著走著又來到了○○伯爵夫人的家門前。看來，是一股神祕的力量把他吸引到這棟房子來的。他停了下來，開始往窗戶看。在一扇窗戶裡，他看到一顆有著烏黑秀髮、小巧可愛的頭低垂著，看上去大概是在看書，或是在做事。那小巧可愛的頭抬了起來，格爾曼看到了一張清新的臉龐和一雙黝黑的眼瞳。這個瞬間決定了他的命運。

林彥豪／繪

3

我的天使，您給我寫的四頁信紙來得這麼快，我都還來不及讀完。[1]

——書信

伊麗莎白·伊凡諾芙娜才剛來得及脫下居家長衫和帽子，伯爵夫人就遣人來叫她，又再次命令準備馬車。他們出門搭車。這時，正當兩個僕人把老太婆扶起，塞到小車門裡時，伊麗莎白·伊凡諾芙娜在車子旁看見那位工程官；工程官抓起了她的手，而她還沒能從驚嚇中平復，這位年輕人就不見了：只留下一封信在她的手裡。她把信藏

[1] 原文用法文「Vous m'écrivez, mon ange, des lettres de quatre pages plus vite que je ne puis les lire.」。——俄文版編注

在手套裡，一路上什麼也聽不進去、看不入眼。伯爵夫人像平常一樣在馬車裡不停問問題：那個和我們碰面的人是誰啊？這座橋叫什麼名字啊？招牌上寫什麼啊？伊麗莎白．伊凡諾芙娜這次沒有仔細考慮就開口回答，所以問題都答得亂七八糟，激怒了伯爵夫人。

「妳這是怎麼搞的啊，我的媽呀！犯傻了嗎這是？妳是沒聽到我說話，還是聽不懂我說什麼？……老天保佑，我可沒口齒不清，也還沒失智呢！」

伊麗莎白．伊凡諾芙娜沒聽伯爵夫人說話。一回到家，她就跑到自己的房裡，從手套裡拿出那封信：信件沒封蠟。她把信讀完了。信裡寫著愛的告白：如此的溫柔、謙恭有禮，而且一字一句都是從德國小說裡抄來的。伊麗莎白．伊凡諾芙娜不懂德文，不過對此非常滿意。

然而，這封讓她十分喜愛的信卻讓她煩惱極了。生平第一次，她和年輕男子有了隱蔽而密切的關係。他的大膽放肆嚇壞她了。她怪自己行事不謹慎，也不知道該如何是好：要不別再坐在窗邊了？還是忽略他，使他繼續追求的興致冷卻下來？要不要回他的信？冷漠強硬地回覆他好了？她沒有人可以一起商量，因為她身邊沒有女性朋友，也沒有女家庭教師。伊麗莎白．伊凡諾芙娜下定決心要回信給他。

她坐在書桌前，拿起了紙、筆，然後陷入了沉思。她幾次提筆起頭，然後又把信紙撕掉：字詞表達不是太過溫和寬厚，就是太過嚴厲。最後，她終於寫下了幾行自己也很滿意的話。「我相信，」她寫道，「您是懷著誠摯的意圖，沒想過要以輕率的行徑來侮辱我。不過我們的相識並不應該這樣開始。我把您的信還給您，希望往後不會有理由對不該受到的不尊重而埋怨。」

隔天，見到正走來的格爾曼，伊麗莎白．伊凡諾芙娜從繡花架後站了起來，走出了廳堂，打開了氣窗，接著把信往街上一丟，同時希望年輕軍官手腳夠俐落。格爾曼跑了過來，把信撿起，便走進一間糕點鋪。一拆開封印，他看見自己的信，以及伊麗莎白．伊凡諾芙娜的回覆。他早料想到會有這樣的狀況，便回自己的住所，滿腦子都是陰謀詭計。

三天之後，一個比伊麗莎白．伊凡諾芙娜還年輕、眼神伶俐的女子，從服飾店裡給她帶來了一張信箋。伊麗莎白．伊凡諾芙娜惴惴不安地打開，料想是來催款的字條，卻突然認出了格爾曼的字跡。

「親愛的，您或許是弄錯了？」伊麗莎白說，「這張信箋不是給我的。」

「不，這一定是給您的！」這個大膽的女孩回答，絲毫不遮掩自己調皮的笑容，「您請讀吧！」

伊麗莎白．伊凡諾芙娜快快地看過了信箋。格爾曼要求會面。

「這不可能！」伊麗莎白．伊凡諾芙娜說，她被這倉促的要求和他所採取的手法給嚇了一跳，「這裡寫的東西，一定不是給我的！」她說完就把信箋撕成碎片。

「假如信箋不是給您的，您何必要撕碎？」年輕女子說，「要是我，就會把信退回給送信的人。」

「親愛的，拜託，」伊麗莎白．伊凡諾芙娜說道，因為年輕女子的意見而激動了一下，「以後就別再為我送信箋了。至於那位遣您過來的人，請告訴他，他應該感到羞愧……」

不過格爾曼並沒有打退堂鼓。伊麗莎白．伊凡諾芙娜每天都會從他那裡收到各式各樣的信。這些信已經不是從德文翻譯的了。格爾曼以自己的熱情為靈感，用自己的言語訴說：字裡行間都顯示出他這些願望的堅定不移，還有他的想像力奔放不羈。

伊麗莎白．伊凡諾芙娜已經放棄把信退回去了：她醉心於這些信，而且也開始回信了——她的信一次比一次寫得更長更溫柔。終於，她給格爾曼從氣窗丟出了下面這封信：

「今天的舞會在〇〇公使那裡，伯爵夫人也會去。我們會在那裡待到大概兩點鐘。您有一個機會和我單獨見面。伯爵夫人一從家裡離開，她手下的人肯定也會散去，到時候門廳只會剩下門房，但他通常也會回到自己的小房間去。請您十一點半過來。直接上階梯。要是您在前廳遇到人，您就問問伯爵夫人在不在家。要是人家跟您說不在，那就沒辦法了。您只得回去。不過，您大概是不會遇見什麼人。侍女們全部都在一個房裡待著。從前廳向左轉，一直直走到伯爵夫人的臥房。房裡屏風的後面，您會看見兩扇小門：右邊那扇通往一間書房，伯爵夫人從來不去那裡；左邊那扇則通往一條走廊，那裡有一道窄窄的螺旋梯——樓梯會通到我房間。」

格爾曼等著約定的時間，他像隻老虎般激動顫抖著。才晚上十點鐘，他已經站在伯爵夫人家門前了。天氣實在糟透了：狂風大作，鵝毛大雪紛飛；街燈昏暗地閃著，街上空無一人。偶爾馬車夫伸手拉拉自己乾瘦的駑馬，探頭探腦地察看遲到的乘客。格爾曼穿著長大衣站在那裡，既感覺不到風，也感覺不到雪。終於，伯爵夫人的馬車備好了。格爾曼看見男僕伸手接過裹在黑貂大衣裡一個駝背的老太婆，而就像往常一樣，在她後頭跟著的，是那個穿著不保暖斗篷，頭上插著鮮花的養女。車門砰地關上了，馬車吃力地在鬆鬆的雪上走著，門房關上了大門，窗子裡暗了下來。格爾曼開始在人去樓空的房子附近走來走去：他走近街燈，看了一眼錶——十一點二十分了。他停在街燈下，眼睛盯著錶的指針看，等著剩下的幾分鐘過去。十一點半一到，格爾曼便踏上伯爵夫人家門前的台階，走進燈火通明的門廳。門房不在。格爾曼沿著階梯往上跑，打開了前廳的門，看見睡在燈下一張老舊骯髒扶手椅上的僕人。格爾曼邁開輕盈堅定的步伐越過僕人。大廳和客廳都暗暗的，只有前廳的燈光微弱地照亮這些廳室。格爾曼走進了臥房，擺滿古老聖像的神龕前面燃著金色的油燈。褪了色的花緞扶手椅，和鍍金面都脫落了的絨毛靠墊沙發，哀哀對稱著擺設在貼有中國壁紙的牆邊。牆上掛著兩幅肖像畫，是在巴黎由勒布倫女士[1]所畫的。其中一幅畫了個年約四十的男人，面

[1] 勒布倫（Élisabeth Vigée Le Brun, 1755-1842），法國著名肖像畫家，曾經幫瑪麗．安東妮皇后繪製肖像。

色紅潤，體態豐腴，穿著淺綠色的禮服，戴著星形勛章；另一幅則畫了一位有著鷹勾鼻的年輕美人，鬢髮梳攏，撲過粉的頭髮上綴著玫瑰。房裡各個角落都放著瓷製牧羊女像，桌上立鐘則是鼎鼎大名的勒華[1]所製，還有許多在已經逝去的那個世紀末，與孟格菲兄弟的熱氣球[2]、梅斯梅爾的磁力學[3]，一起被發明出來的首飾盒、小輪盤、扇子和各種女士的小玩意。格爾曼走到屏風後面，那裡有個小小的鐵架床，右邊是那扇通往書房的門，而左邊則是通往走廊的。格爾曼打開了左邊的門，便看見了那條窄窄的、通往可憐養女房間的螺旋梯……不過他卻轉身走進了幽暗的書房。

時間過得很慢。四周悄然無聲。客廳敲了十二聲鐘響，所有房間裡的時鐘也一個接著一個在午夜響了起來，又再度安靜了下來。格爾曼站著，彎身俯向冷卻的火爐。

---

[1] 朱利安．勒華（Julien Le Roy, 1686-1759）和兒子皮耶（Pierre, 1717-1785）皆為法國著名的鐘錶匠。

[2] 法國發明家孟格菲兄弟（Frères Montgolfier）於一七八三年六月首度放飛一種以布和紙製、以熱煙充氣的飛行氣球。

[3] 此為德國醫師法蘭茲．梅斯梅爾（Franz A. Mesmer, 1734-1815）所提出的理論，他表示每個人身上都存有一股會影響他們的「動物磁力」，這是後來催眠術的基礎。

他很平靜，心臟平穩地跳動著，就像那些決心要做些什麼危險但卻必要之事的人一樣。凌晨的時鐘敲過了第一個鐘頭和第二個鐘頭，格爾曼聽見了遠方馬車的轆轆聲。一股不自主的緊張感向他襲來。馬車靠近了之後便停了下來。他聽見馬車踏板放下來的咯噹聲響。房子裡忙亂了起來。人們跑動，說話聲響了起來，屋子裡點上了燈。臥房這裡跑進了三個老女僕，而伯爵夫人，半死不活地走了進來，癱在伏爾泰椅上。格爾曼從一個小縫看出去：伊麗莎白．伊凡諾芙娜從他身邊走過。格爾曼聽見她匆忙的腳步沿著她那道樓梯跑。在他的心裡揚起了一小陣好像是良心譴責的情緒，可很快又消停下來。他變得無動於衷了。

伯爵夫人開始在鏡子前面寬衣。女僕從她身上拆下用玫瑰裝飾的包髮帽，從她那剃光的灰色頭頂上，揭下撲過粉的假髮。別針雨點似的撒了她周身，縫上銀線的黃色連衣裙落到她浮腫的腳邊。格爾曼成了她化妝術裡噁心祕密的見證人；終於，伯爵夫人身上只剩下睡衣和睡帽了：在這種比較符合她老態的裝扮下，伯爵夫人看起來就不那麼可怕難看。

就像所有的老人一樣，伯爵夫人也深受失眠所苦。寬衣之後，她坐在窗邊的伏爾泰椅上，遣走了女僕。蠟燭被拿走了，所以房裡又只剩一盞油燈照明。伯爵夫人一身黃地坐著，鬆弛的嘴唇抖著，左右晃個不停。在她混濁的眼睛裡著實沒有任何想法；當你看著她時，可能會這樣想，這可怕老太婆的晃動，不是出於她的意願，而是因為什麼不知名的電流在作用。

突然這張死氣沉沉的臉莫名地變了。嘴唇不抖了，眼睛亮了起來：在伯爵夫人面前站著一位陌生男子。

「請別害怕，看在上帝的份上，別害怕！」他用小聲但清晰的聲音說，「我沒有要傷害您的意思，我是來向您乞求一點小小的恩惠。」

老太婆沉默地看著他，看上去好像沒有聽見他說話。格爾曼想到，她可能重聽了，所以俯身到她耳朵旁邊，再說了一次剛剛說過的話。而老太婆還是像之前一樣沉默。

「您能夠，」格爾曼繼續說，「您能夠為我的人生帶來幸福，而這個幸福對您而言並不值幾個錢：我知道，您能夠連續猜中三張牌……」

格爾曼停了下來。伯爵夫人看來是懂了來者在要求什麼，而看樣子，她也在斟酌回答的字句。

「這就是個玩笑，」她終於開口了，「我向您發誓，就只是個玩笑罷了。」

「這是開不得玩笑的，」格爾曼生氣地反駁，「您想想那個您幫忙翻本的恰普利茨基吧。」

伯爵夫人看起來驚慌不安。她的面容表現了內心強烈的悸動，但她很快又墜入了原本的麻木無感。

「您能不能，」格爾曼接著說，「能不能指點我這三張必勝的牌？」

伯爵夫人不說話，格爾曼又說：

「您是為了誰保守這個祕密？為了孫子嗎？他們就算沒有這個祕密也一樣富有；他們才不了解金錢的價值。您那三張牌是幫不了敗家子的。不懂得愛惜父輩家產的人，無論有什麼魔鬼能差使，他都會死於貧困的。我不是敗家子，我知道金錢的價值。您的三張牌給我是不會白費的。好吧……」

他停了下來，顫抖著等待伯爵夫人的答案。伯爵夫人沉默不語，格爾曼跪了下來。

「如果，」格爾曼說，「您的心曾經感受過愛，如果您記得愛的欣喜，如果您，哪怕只有一次，在新生孩兒的哭聲中微笑過，如果，在您胸中曾經有過情感的脈動，那麼我願以夫妻、戀人、慈母之情，以世上所有神聖的一切請求您，請不要拒絕我的請求！向我揭曉您的祕密吧！這對您而言有什麼呢？……或許，這個祕密伴隨著可怕的罪孽，伴隨著永恆幸福的滅絕，伴隨著與惡魔的契約……您想想吧：您已經老了，再活也不久了，而我也準備好以我的靈魂承接您的罪孽。就告訴我您的祕密吧。您想想，您的手裡握著一個人的幸福；而且不只我，還有我的孩子、孫子和代代後輩都將因此對您感激不盡，也會像崇拜聖人一般地崇拜您……」

老太婆一句話也沒回答。

格爾曼站了起來。

「老巫婆！」他咬牙切齒地說，「看我怎麼逼你回答……」

他一邊說著，一邊從口袋裡掏出手槍。

伯爵夫人看到手槍後，情緒再度激動了起來。她點起頭來，並舉起手，像是要擋住射擊一樣……然後她仰面跌了下去……便一動也不動了。

「不要胡鬧了，」格爾曼抓住她的手說，「我再問最後一次，到底要不要跟我說您那三張牌？要還是不要？」

伯爵夫人沒有回答。格爾曼發現她死了。

4

完全沒有道德操守和崇高精神的人！[1]

——一八＊＊年五月七日書信

伊麗莎白．伊凡諾芙娜還沒褪下舞會的服裝，就坐在房裡，深深陷入沉思。一回到家，伊麗莎白便匆匆遣走睡眼惺忪、心不甘情不願服侍她的女僕，她說會自己更衣，心裡七上八下地走回房裡，希望在那裡能見到格爾曼，同時卻又不想見到他。回房裡看了第一眼，她對格爾曼的缺席感到很滿意，並感謝命運的阻撓，妨礙了他們的會面。她外衣沒脫便坐了下來，開始回想所有這些在如此短暫時間內就把她吸引到如此境地

[1] 原文用法文「Homme sans mœurs et sans religion!」。——俄文版編注

的狀況。從她第一次在窗外看見這個年輕人的那時起，過了還不到三個星期——她就已經和他寫起信來，而他也成功向她提出了夜裡幽會的要求！她會知道他的名字，是因為在他寫來的幾封信中有他的署名。她從來沒和他說過話，沒聽過他的聲音，也從來沒聽說過這個人……一直到這個夜晚以前。多奇怪的事啊！在今晚的舞會上，托姆斯基對年輕的波琳娜公爵小姐動了氣，因為公爵小姐今天反常沒和他打情罵俏。而托姆斯基想要以冷漠來報復公爵小姐，所以找了伊麗莎白．伊凡諾芙娜一起跳馬祖卡舞跳個沒完沒了。一整晚，托姆斯基都在笑伊麗莎白．伊凡諾芙娜對工程官的一片赤誠，還一再保證，他知道的比她所以為的還多上許多，而且有幾個玩笑意有所指，讓伊麗莎白．伊凡諾芙娜好幾次都以為自己的祕密被他知道了。

「您從誰那裡知道這些事的啊？」她笑著問。

「從您那位特別的朋友那裡知道的啊，」托姆斯基答道，「非常棒的那個人！」

「那誰是這個非常棒的人呢？」

「他叫做格爾曼。」

伊麗莎白．伊凡諾芙娜什麼也沒有回答，但她的手腳發冷了起來……

「這個格爾曼啊，」托姆斯基繼續說，「真是個浪漫的人：他有一張拿破崙的側面輪廓，卻有個梅菲斯特[1]的靈魂。我想，他良心上至少背了三條罪。您的臉色怎麼這麼蒼白啊！」

「我頭痛……這個格爾曼，還是叫什麼的……跟您說了什麼？」

「格爾曼對自己的朋友非常不滿，他說，要是他在那朋友的處境上，他一定會有另一種行事作風。我甚至覺得，格爾曼對您有意思，至少他在聽那位友人讚嘆戀愛時並非是無動於衷的。」

「但他到底是在哪看到我的呢？」

「在教堂……啊，大概在散步的時候吧……天曉得！也有可能是在您房裡啊，您睡覺的時候，他什麼都可能幹得出來……」

三位女士帶著選舞伴的字條——「遺忘或遺憾」[2]——向托姆斯基走來，打斷了這

[1] 指德國作家歌德（Johann Wolfgang von Goethe, 1749-1832）的《浮士德》中的惡魔。

[2] 原文用法文「oubli ou regret」，這是當時一種盲選舞伴的社交遊戲，普希金似乎利用這種二選一的抽籤方式呼應著法老牌的規則，以及這篇小說的「機運」主題。——編注

段讓伊麗莎白．伊凡諾芙娜好奇得不得了的對話。

托姆斯基選到的那位女士，就是〇〇公爵小姐。她匆匆再跳過一輪、在自己椅前轉過一圈，隨即便和托姆斯基前嫌盡釋了。托姆斯基回到了自己的位子後，不管是格爾曼還是伊麗莎白．伊凡諾芙娜，他早就一點也不關心了。而伊麗莎白．伊凡諾芙娜極力想再繼續被打斷的對話，可是馬祖卡舞已經結束了，而在那之後，老伯爵夫人也很快就離開了。

托姆斯基的話也就只是跳馬祖卡舞時的閒扯，不過這些話已經在這個年輕女幻想家的心裡產生了深刻的作用。托姆斯基所描述的格爾曼的模樣，和伊麗莎白自己的印象很相似，而拜那些時下的小說所賜，這個已經變得平庸的人物驚擾且占據了她的想像。她坐著，光著的臂膀交疊抱胸，還戴著花的頭低垂至敞開的前襟……突然，門打開，格爾曼走了進來，伊麗莎白顫抖了起來……

「您到底去了哪裡？」伊麗莎白驚慌地低聲問。

「我剛在老伯爵夫人的房裡，」格爾曼答道，「從那邊過來的。伯爵夫人死了。」

「我的天啊！您在說什麼？」

「而且，」格爾曼繼續說，「我好像是她死去的原因。」

伊麗莎白．伊凡諾芙娜看了他一眼，托姆斯基的話在她心裡響起：**在這個人身上至少背了三條罪**！格爾曼坐在她身旁的窗邊，把一切都說了出來。

伊麗莎白．伊凡諾芙娜帶著恐懼聽完格爾曼的話。就這樣，這些熱情的信紙，這些烈焰般的要求，這樣放肆又固執的追求，這一切的一切都不是愛！錢——這才是他全心渴求的東西！能夠滿足他的願望、使他幸福的並不是她！可憐的養女對他來說不是別的，就只是這個暴徒殺死她老養母的盲目的幫凶！……她在自己遲來而折磨人的悔恨中痛哭。格爾曼沉默地看著她，他的心裡也不好受，但可憐女子的眼淚，和她哀傷中驚人的魅力，都無法撼動他無情的心。當他想到老太婆的死，他並沒有感受到良心的譴責。只有一件事讓他心神不寧：無法挽回地失去了那個他曾期待能藉以致富的祕密。

「您這個怪物！」伊麗莎白．伊凡諾芙娜最後這麼說。

「我沒有要她死，」格爾曼答道，「我的手槍並沒有擊發。」

兩人沉默下來。

到了早上。伊麗莎白．伊凡諾芙娜熄掉燃盡的蠟燭，微弱的光線照亮她的房間。她擦乾自己哭腫的雙眼，抬頭看著格爾曼：格爾曼坐在窗邊，雙手抱胸，陰沉地皺著眉。他這個姿勢讓人想起了拿破崙的肖像。這樣的相似甚至讓伊麗莎白．伊凡諾芙娜吃了一驚。

「您要怎麼出去呢？」伊麗莎白．伊凡諾芙娜終於開口，「我想過帶您從暗梯下去，但那要經過臥房，我害怕。」

「跟我說吧，要怎麼找到那道暗梯，我走得出去。」

伊麗莎白．伊凡諾芙娜站了起來，從抽屜裡拿出鑰匙給格爾曼，並且告訴他最詳細的路徑指示。格爾曼握了握她冰冷而柔順的手，親了一下她低下的頭，便走了出去。

他沿著螺旋梯下樓，再次走進伯爵夫人的房裡。死掉的老太婆動也不動地坐著，她的臉上透著深沉的安寧。格爾曼停在她面前，良久地看著她，像是想要證實這個可怕的真相。然後他走進書房，摸到了壁紙後面的暗門，便開始沿著暗暗的樓梯走著，一邊還被種種奇怪的感覺給搞得惶惶不安。他想著，或許，在六十年前，就是沿著同樣的這道樓梯，到同樣的這間臥房，在同樣的這個時候，那個穿著繡花長外衣、梳著高高的髮型[1]、把自己的三角軍帽揣在懷裡、偷偷進出的年輕幸運兒，他的軀殼現在已經在墳塚裡化透了，而在今天，他那年邁愛人的心也停止了跳動……

在樓梯下面，格爾曼找到了一扇用同一把鑰匙上鎖的門，並發現自己在一條通往大街的穿廊上。

---

[1] 原文為法文「à l'oiseau royal」，意為國王鳥，即原產於非洲的冠鶴，頭頂的羽毛如冠，是普希金時代的一種男性髮型。

5

在這個夜晚，死去的男爵夫人馮・維○○在我面前現了形。她一身素衣，跟我說：「您好啊，官人！」

——斯威登堡[2]

那個不祥之夜過後的三天，上午九點，格爾曼去了趟○○修道院，已故伯爵夫人的屍身停放在那裡做安魂彌撒。雖然他沒有感到後悔，然而他良心上的不安卻無法平息下來，這個呼聲反覆提醒著他：你是殺死老太婆的凶手！儘管格爾曼並不太虔誠地信教，但他倒是很迷信。他相信，死去的伯爵夫人可能對他的命運造成不好的影響，

[2] 斯威登堡（Emanuel Swedenborg, 1688-1772），瑞典哲學家、神祕主義者。——俄文版編注

所以下定決心要到她的葬禮來，向她道歉。

教堂裡滿滿都是人。格爾曼好不容易才能擠過人群。棺木停放在豪華的靈柩台上，在天鵝絨的幔帳之下。亡者躺在棺木裡，雙手放在胸前，頭上戴著花邊包髮帽，身穿白色緞子外衣。周圍站著的是她家裡的人：僕役們穿著黑色長大衣，在肩上戴著有徽紋的緞帶，手裡握著蠟燭；親人們深深哀悼，包括孩子、孫子和曾孫。沒有人哭泣，即使有眼淚，也是裝出來的。伯爵夫人這麼老了，以至於她的死訊一點也沒法讓人震驚，而她的親人們看著她，就像是看著一個活到了盡頭的人那樣。年輕的主教說了臨喪悼詞。在他簡單動人的言詞中，述說了一位虔誠女教徒的祥和安息，她這一生漫長的日子都是對基督徒去世的安詳而感人的準備。「死亡天使找到了她，」講者說，「此人不眠不休追求良善思想，等待夜半的新郎[1]。」儀式進行得哀慟而體面。第一批去瞻仰遺容的人是親戚，隨後是許許多多的賓客上前，來向這位長久以來參與了他們空虛

[1] 意指「等待人子降臨」，人子是《新約聖經》中耶穌基督的自稱，此句典故出自《馬太福音》第二十五章第一～十三節「十童女的比喻」。這裡有一種普希金的幽默感。語言學家維諾格拉多夫（V. V. Vinogradov, 1894-1969）在《普希金的風格》中提到此句象徵著伯爵夫人與格爾曼的互動。——編注

庸碌的社交場合的女士致意。在這些人之後，是所有伯爵夫人家的人。最後則是老朽的貼身侍女，她是亡者的同齡人，由兩個年輕的女僕撐著將她領來。老侍女沒有力氣跪到地上行禮，而她流了幾滴淚，吻了吻自己女主人冰冷的手。在老侍女之後，格爾曼決定要走近棺木。他跪下磕頭，還俯在冰冷且鋪滿雲杉枝的地上好幾分鐘。最後，他站了起來，滿臉蒼白得跟亡者一樣，接著走上靈柩台的台階，低下身去……在這個時候，死去的伯爵夫人好像嘲諷地瞇著一隻眼睛看了他一下。格爾曼匆忙退開，踩空後仰面咚地一聲摔倒了。他被扶了起來，而這時伊莉莎白·伊凡諾芙娜因為昏倒而被送到教堂門前台階那裡。有幾分鐘，這個片段擾亂了沉重儀式的神聖性。賓客之間小聲地揚起了不滿的嘟囔，而死者的近親，一位身形清瘦的侍從官，附耳對站在他附近的一個英國人說話，表示那個年輕軍官是伯爵夫人的私生子，而這個英國人對此冷冷地回了一聲：「哦？」

一整天，格爾曼都非常沮喪。他在一間偏僻的酒館吃飯，一反常態地喝了很多，希望能把內心的焦躁給壓制下來，但葡萄酒只更激發了他的想像力。一回到家，他衣服也沒脫就倒到床上，沉沉地睡著了。

醒來時已經是半夜：月亮照亮他的房間。他看了一眼時鐘：再過一刻鐘就三點。他的睡意已經退去，便坐在床上，想著老伯爵夫人的葬禮。

就在這個時候，有人從街上往窗子裡看了他一下，並馬上就走開了。格爾曼沒怎麼注意到。幾分鐘後他聽到了前廳的門被開了鎖。格爾曼想，是他那位總是醉醺醺的勤務兵半夜出去玩回來了。但他卻聽到了不熟悉的腳步聲：有誰在走著，拖鞋輕輕地在地上拖著步伐。門打開了，走進一個穿著白裙的女人。格爾曼以為是自己的老奶媽，所以吃了一驚，想著她怎麼能在這個時候過來。不過白衣女人滑了過來，一下就出現在他面前——格爾曼認出了那是伯爵夫人！

「我來找你不是出於自己的意願，」伯爵夫人語氣生硬地說，「而是有人命我來達成你的請求。3、7、A，這三張牌能讓你連贏三把，但你在一天之內只能用一張牌押一注，而且之後一輩子都不能再賭牌。我會原諒你害死我，可是你得娶我的養女伊麗莎白．伊凡諾芙娜……」

說完這些話，她就靜靜地轉身走向門口，拖著拖鞋的步伐消失了。格爾曼聽到門在門廳那裡砰地關上，並看見有個人從窗戶看他。

格爾曼久久不能鎮定下來。他走去另一個房間，他的勤務兵睡在地上；格爾曼費了一番功夫才把他完全叫醒。勤務兵像往常一樣醉，從他那邊是不可能問出個所以然來的。門廳的門是鎖著的。格爾曼回到自己的房間，點亮了蠟燭，把自己看到的幻象記了下來。

6

「等等[1]！」

「您怎麼膽敢叫我等等？」

「閣下，我是說，稍等一下！」

兩種僵化不變的觀念無法共存於精神性格中，就像兩個物體也無法在物理上共處於同一位置。然而3、7、A——一下就和格爾曼想像中死去的老太婆形象重疊在一起了。3、7、A——沒有從他的腦海裡離開，也一直掛在他嘴上。當他看到了年輕的女孩，就說：「她身材多麼勻稱！是貨真價實的紅心3。」人家問他：「現在幾點了？」他

[1] 原文用法文「attendez」的俄文音譯，是賭博術語，意指要求不再下注。——俄文版編注

就回答；「差五分7點牌[2]。」所有大肚子的男人都讓他想起A。3、7、A——緊跟著他到夢裡，變成所有可能的樣子：3在他面前像大大的花一般盛開，7變成哥德式的大門，而A則是大大的蜘蛛。他所有的想法只有一個——利用這個對他而言代價極高的祕密。他開始想著退役和旅行，想在巴黎的公開賭場裡，從這神奇的好運中再擠出點財富。有一個機會讓他免去了這些麻煩。

莫斯科有個有錢賭徒的圈子，以著名的切卡林斯基為首，這個人打了一輩子的牌，曾經積攢了幾百萬，他贏錢收票據，輸錢付現金。這樣長時間累積的豐富經驗為他贏得了同伴們的信任，而賓客可自由來去的房子、有名的廚師、親切愉快的氣氛，則贏得了大眾對他的尊重。他來到了彼得堡。年輕人向他蜂擁而來，把舞會忘掉，讓位給牌局，比起對婦女獻殷勤的沉醉，更喜歡法老牌的誘惑。納盧莫夫把格爾曼帶到了那裡。

他們走過一排富麗堂皇的房間，裡面都是謙恭有禮的軍官。一些將軍和三等文官

[2] 格爾曼混淆了想像與現實，他本該回「七點鐘」才對。——編注

在玩惠斯特牌[1]，年輕人在花緞沙發上或坐或臥，吃著冰淇淋或抽著菸斗。在客廳的長桌旁擠了大概有二十位賭客，桌邊坐著主人，正做莊發牌。他是個六十歲上下的人，有一副讓人景仰的外表，頭上覆著銀白灰髮，圓潤而容光煥發的臉則散發著溫厚善良的氣息；雙眼閃閃發亮，且因為時時微笑而顯得生氣勃勃。納盧莫夫向他介紹格爾曼。切卡林斯基友善地握了握他的手，要他不要拘束，便繼續發牌了。

牌局持續了很久，桌上發了三十多張牌。

切卡林斯基在每次發完牌後都會停一下，讓賭客們有時間應對，他把輸的錢記下來，客氣地聆聽他們的下注要求，再更客氣地把被人不小心折彎了的紙牌角給展平。終於，打完了一局。切卡林斯基洗過牌，準備再發下一局。

「請發牌給我。」格爾曼從一位剛下了注的胖子先生身邊伸出手說道。切卡林斯基微微笑了一下，安靜地點了頭，表示完全同意。納盧莫夫笑著跟格爾曼道賀，恭喜他結束了長久以來的齋戒，並祝福他有個美好的開始。

[1] 源自英國的四人牌戲，風行於十八、十九世紀，是橋牌的前身。

「開始吧！」格爾曼用粉筆在自己的牌上寫下賭注後，這麼說。

「您要下多少呢？」莊家瞇著眼睛問，「真是不好意思，我沒看清楚。」

「四萬七千。」格爾曼說。

聽到這些話，所有人的頭一瞬間轉了過來，所有眼睛盯著格爾曼看。「他發瘋了！」納盧莫夫這麼想。

「請容我提醒您，」切卡林斯基帶著自己不變的微笑說，「您下的注很高，在這裡還沒有人下單注超過兩百七十五的。」

「所以呢？」格爾曼說，「您是發不發牌給我呢？」

「我只是想跟您說清楚，」切卡林斯基說，「為了要對得起同伴們對我的信任，我只能看到現金後才發牌。當然，從我的立場，我有您的話就相信了，但為了牌局的秩序和帳目，我還是請您把下注的錢拿出來。」

格爾曼從口袋裡把鈔票拿出來給了切卡林斯基，切卡林斯基匆匆看了他一眼，把錢放在格爾曼的牌上。

他開始發牌，往右給了一張9，往左則給了一張3。

「贏了！」格爾曼說，翻開自己的牌。

賭徒間揚起了一陣耳語。切卡林斯基皺了一下眉，但微笑登時就回到他的臉上了。

「請問您現在就要收款嗎？」他問格爾曼。

「是的，勞煩您了。」

切卡林斯基從口袋裡拿出一些鈔票，馬上就結清帳了。格爾曼收下錢，便離開了牌桌。納盧莫夫不得其解。格爾曼把杯子裡的檸檬汁喝掉後就回家了。

隔天晚上，格爾曼又再次出現在切卡林斯基這裡。主人在發牌，格爾曼走向牌桌，賭客們馬上讓了位子給他。切卡林斯基溫和地向他點了點頭。

格爾曼等到了新的牌局，要了牌，在牌上擺上了自己的四萬七千和昨天贏來的錢。

切卡林斯基開始發牌。往右發了一張J，往左發了一張7。

格爾曼翻開了一張7。

所有人都「啊」地一聲發出了嘆息。切卡林斯基明顯地激動了起來，他點出了九萬四千交給格爾曼。格爾曼沉著地收下了錢，同一時間就離開了。

再隔一天的晚上，格爾曼又出現在賭桌上了。所有人都在等著他。將軍和三等文官放下了自己的惠斯特牌要來看這場超乎尋常的賭局。年輕軍官都從沙發上跳了起來，所有的侍者也都來到客廳。大家團團圍住格爾曼。其他賭客都沒要牌，焦急地等著看格爾曼的結果如何。格爾曼站在桌邊，準備和一臉蒼白，但卻還是微笑著的切卡林斯基單挑對賭。兩人各自拆了一副牌。切卡林斯基洗了牌，格爾曼抽出一張牌放好，並在牌上壓了一疊鈔票。這很像是在決鬥，四周一片深沉的靜默。

切卡林斯基開始發牌，雙手抖個不停。右邊放了一張Q，左邊是一張A。

「A贏了！」格爾曼說，並翻開自己的牌。

「您的Q輸掉了。」切卡林斯基親切地說。

格爾曼顫了一下⋯事實上，他手裡拿的不是A，卻是張黑桃Q。他不相信自己的雙眼，也不明白，他怎麼可能抽錯牌！

在這一刻，他覺得，那張牌上的黑桃皇后稍微瞇起了眼睛，並嘲諷地冷笑了一下。這不尋常的相似之處讓他大吃一驚⋯⋯

「老太婆！」他驚恐地叫了起來。

切卡林斯基伸手去拿格爾曼輸掉的鈔票。格爾曼站著動也不動。當他離開賭桌後，才引起了一陣喧譁。「很漂亮的對賭！」賭客們說。切卡林斯基重新洗了牌，牌局又如常進行。

林彥豪／繪

結尾

格爾曼發瘋了。他住在奧布霍夫醫院[1]的第十七號病房，什麼問題都不回答，只是非常快速地喃喃說著：「3、7、A！3、7、Q！……」

伊麗莎白．伊凡諾芙娜嫁給了一個非常謙恭可親的年輕人；他在某個機關工作，還有不少財產，因為他是老伯爵夫人之前管家的兒子。伊麗莎白．伊凡諾芙娜收養了一個貧窮親戚家的女兒。

托姆斯基晉升為騎兵大尉[2]，還娶了波琳娜公爵小姐。

---

[1] 建於一七七九年，是聖彼得堡最早的公共醫院之一，這裡的精神病房也是市內最早設立的。——編注

[2] 帝俄時期的軍階，介於上尉和少校之間。

普希金 1830 年 4 月 6-11 日給父母的家書手稿草稿，其中畫的這位女性肖像，有可能是未婚妻岡察羅娃。他在信中向父母談到自己將結婚，對象是已經相戀一年的娜塔莉雅．岡察羅娃，請他們給予祝福。

貝爾金小說集

[1]

盛佑 譯

[1] 原文全稱「已故的伊凡．彼得羅維奇．貝爾金小說集」。此作是普希金於一八三〇年秋季於博爾金諾完成的作品，普希金在手稿中記有各篇的完稿日期：最早一篇是〈棺材匠〉，於九月九日，〈驛站長〉於九月十四日，〈村姑大小姐〉於九月二十日，〈射擊〉於十月十四日，〈暴風雪〉於十月二十日。普希金在該年十二月九日神祕兮兮地寫信給評論家普雷特尼奧夫（Pyotr A. Pletnyov, 1791-1865），表示自己「用散文體裁」完成了會讓巴拉汀斯基（Yevgeny. A. Baratynsky, 1800-1844，俄國詩人，普希金摯友）覺得不可置信的「五篇短篇小說」。普希金後來決定用匿名的方式出版小說集，所以在小說之前，加上「出版者言」，並在其中簡短敘述作者貝爾金的生平。普希金在付印之前又調整了各篇順序，將〈射擊〉和〈暴風雪〉兩篇移到小說集的前半部。總結全書的題詞則是從馮維辛的喜劇《紈褲子弟》裡面選出。小說集的編輯工作由普雷特尼奧夫負責，普希金在寫給他的一封信中（大約是一八三一年八月十五日）要求對方：「悄悄把我的名字告訴斯米爾金（Alexander F. Smirdin, 1795-1857，當時的俄國知名出版商），他就會把消息傳出去，讓讀者知道誰是作者。」一八三一年十月，小說集問世，書名定為《已故的伊凡．彼得羅維奇．貝爾金小說集，AP出版》。明確標示作者普希金的《貝爾金小說集》首見於一八三四年出版的《由普希金出版之小說集》。——俄文版編注

普羅斯塔科娃夫人：對啊，我的老爺！他呀，從小就熱愛歷史。
斯科季寧：米特拉范像我。

——《紈褲子弟》[1]

[1] 題詞引自俄國作家馮維辛（Denis I. Fonvisin, 1745-1792）發表於一七八三年的喜劇作品《紈褲子弟》（Недоросль），是關於主角米特拉范的一段對話，普羅斯塔科娃夫人是米特拉范的母親，斯科季寧則是普羅斯塔科娃夫人的弟弟塔拉斯．斯科季寧。

出版者言

開始著手處理《貝爾金小說集》（也就是即將付梓的這本書）的出版等諸般瑣事的同時，我們希望盡可能附上一則已故作者的簡短傳略，藉此稍稍滿足喜愛祖國文學的讀者那理所當然的好奇心。為此，我們找到瑪麗亞·阿列克謝耶芙娜·特拉菲林娜，她是伊凡·彼得羅維奇·貝爾金血緣最近的親屬和財產繼承人。可惜，她根本沒辦法提供任何相關訊息，因為她對已故的作者簡直一無所悉。特拉菲林娜女士建議我等應就此事轉而洽詢一位可敬的紳士，他是伊凡·彼得羅維奇的故友。我們遵循其建議，並且收到了令人期待的以下回信。在沒有更動和加注的情況下，謹將原信登載於後，作為高尚情操和動人友誼的一份珍貴見證，而且，這封回信中包含極其詳盡的作者生平資料。

〇〇先生閣下：

您在本月十五日所賜寄之尊函已於本月二十三日由敝人有幸收悉，您在信中對我表明願望，希望能得知敝人昔日的摯友和莊園的近鄰——已故的伊凡・彼得羅維奇・貝爾金之生卒年月、公職生涯、家庭環境、事業與個性等節。謹欣然遵奉貴囑，從他的言談和我個人觀察所得之中，將一切我所能回想起來的事情敬稟閣下供參。

伊凡・彼得羅維奇・貝爾金一七九八年生於戈留希諾村，父母均出自家世清白之名門。他已過世的父親——彼得・伊凡諾維奇・貝爾金少校——娶的是特拉菲林家族的閨女佩拉吉雅・加弗里洛芙娜。老貝爾金並不富有，但個性謙和，特別是在管理田產方面相當出色。他們的兒子跟著村裡教會的誦經士[1]接受啟蒙教育，多虧這位可敬的誦經士，小貝爾金長大後熱愛閱讀和俄國文學。伊凡・彼得羅維奇在一八一五年入伍，進入輕裝步兵團（番號我記不得了），在該軍團服役到一八二三年。因為父母相繼過世，在不得已的情況下，他只好退伍，回到戈留希諾的祖傳莊園。

[1] 誦經士為俄國東正教教會中最低階的工作人員，並非神職人員，負責誦經。

接手管理莊園後，伊凡・彼得羅維奇由於缺乏經驗以及天性善良，短時間內就放任農事荒廢，由他父母所建立的嚴格紀律也隨之鬆弛。他撤換了認真又能幹的農工班頭——因為農奴們對這位班頭不滿意（他們的習性向來如此），他把管理莊園的重責大任交付給一位年老的女管家——她靠著說歷史故事的出神入化本領贏得主人的信任。這個愚蠢的老太婆，她始終分不清二十五盧布和五十盧布的紙幣；農奴們根本不怕她，因為每一個農奴的命名教母都是她。至於農奴們推舉出來的新班頭，不但放任手下偷懶，同時還欺瞞主人，迫使伊凡・彼得羅維奇取消勞役制，改採非常寬厚的代役租制[2]。即使這樣，這幫農奴們仍舊緊抓住他的弱點不放，在第一年就為自己爭取到極大的減免，後來幾年，超過三分之二的佃租都被他們用核桃、漿果或類似的東西代替；再往後就是欠租不繳。

身為伊凡・彼得羅維奇已過世父親的好友，我認為有義務規勸故人之子，所以我不只一次勸他恢復早先被他棄之不用的那套管理制度。為了此事，我曾經專程造訪，

[2] 俄國農奴必須無償為地主服勞役，代役租制則是以田裡的收成折抵，代替勞役。

要他拿出帳冊，把騙子班頭找來當面對質。年輕的主人起先十分專注勤奮地跟著我清查帳目，當帳冊內容顯示，最近兩年內農奴的數目增加，而家禽和家畜的數目卻銳減，伊凡・彼得羅維奇對於前項的清查結果感到滿意，接下來就不再關心我到底說了什麼。讓我極度惱火的是，當我逐項清查和嚴詞追問迫使騙子班頭陷入驚惶失措、無法辯解的窘境時，就在這一刻，我聽到伊凡・彼得羅維奇竟然在自己的椅子上發出如雷的鼾聲。從那之後，我決定不再干涉他如何管理家產，就像他本人那樣將他的事情交給上帝去處置了。

但是，此事絲毫不影響我和他的友誼，因為我一方面同情他的軟弱和要命的馬虎心態——這是我們這些年輕貴族們的通病，另一方面我深深喜愛伊凡・彼得羅維奇，要不去喜歡這樣一個溫和、誠實的年輕人是不可能的。從伊凡・彼得羅維奇的立場來看，他敬我年長，也由衷信賴我。在他死前，他幾乎天天和我見面，並且珍惜和我的日常談話，儘管在習慣、思維模式和個性上，我們兩人根本沒什麼共通之處。

伊凡・彼得羅維奇自奉甚儉，摒除任何型態的浪費，我從來沒見過他在任何場合帶著醉意（在我們居住的這個地區，此事簡直可以被視為是前所未聞的一項奇蹟）；

他始終對女士們懷抱著一份仰慕之心，但他身上的那種害羞，真是像少女一樣[1]。

除了您在來信中提到的幾篇小說，伊凡・彼得羅維奇留下為數頗多的手稿，部分手稿在我這邊，部分被他的女管家拿去用在不同的居家用途上，例如，去年冬天，他未及完成的長篇小說前半部被這位女管家拿去黏貼她居住的廂房的所有窗戶[2]。前面提到的幾篇小說，似乎是他的處女作。據伊凡・彼得羅維奇透露，這些小說大半屬於真人實事，是他從不同的人物那裡聽聞得來[3]。但是小說中的人名幾乎全由他所編造，而村莊的名稱則借用自此地附近的地名，敝人所居的地名也在小說中的某處被提及。此

---

[1] 以下本有一則軼聞，因為我們認為內容累贅而未刊登；但是，我們敢向讀者保證，其中完全沒有任何有關伊凡．彼得羅維奇．貝爾金的不體面事蹟。——作者原注

[2] 俄國冬季嚴寒，為避免冷空氣自窗戶與窗框間的縫隙侵入室內，入冬前必須用紙塞黏其間，封住縫隙。

[3] 確實，在貝爾金先生的手稿中，每篇之前都有作者的親筆注記：本人從**某某人**（以職稱或頭銜加上姓名的字首縮寫表示）那裡聽聞此事。我們幫有興趣探知的人抄錄如下：〈驛站長〉由一位九等文官A．G．N所述，〈射擊〉為I．L．P中校，〈棺材匠〉為管家B．V，〈暴風雪〉和〈大小姐〉為K．I．T小姐。——作者原注

種做法並無任何惡意，無非是想像力不足所致。

伊凡・彼得羅維奇一八二八年秋天得了感冒發燒，其後發燒不退，雖然本縣的醫生不眠不休地努力救治——這位醫生的醫術十分高明，特別在治療雞眼或其他類似的頑疾——但他還是走了。他在我的懷中辭世，得年三十歲，葬在戈留希諾村教堂裡，距離他已故父母的墓地不遠處。

伊凡，彼得羅維奇中等身材，他有一雙灰色的眼睛，淡褐色的頭髮[1]，挺直的鼻樑，臉龐白淨而瘦削。

閣下，以上就是所有我能記起關於已故鄰人及亡友之生活、事業、性格和外貌等諸事。假如，您認為應當從本人信函中擷取部分運用，謹此懇求，務必不可提到敝人的姓名，因為，雖然我極為尊敬並喜愛作家這項職業，但是列名其中，似屬多餘，而且在我這個年紀也已經不適宜。謹致最真誠的敬意。

一八三〇年十一月十六日

涅納拉多沃村

[1] 灰色的眼睛和淡褐色的頭髮都是典型俄羅斯人的外貌特徵。——編注

我們認為有義務尊重作者這位可敬友人的意願，對於他提供資料一事，致上最深的感謝之意，並且盼望大眾能夠肯定這批資料的真誠及善意。

A P[2]

[2] 原文用俄文字母「А П」，譯文轉為拉丁拼音，這兩個字母很可能是普希金以自己的名和姓（Alexander Pushkin）的字首縮寫為匿名。——編注

普希金的〈驃騎兵〉手稿。

射擊

[1]

[1] 本篇採用了一八二二年六月普希金與准尉祖伯夫（Alexander Zubov）在基什尼奧夫（今摩爾多瓦的首都）決鬥時的真實情節：由於普希金在某次賭局中輸錢而揭發祖伯夫詐賭，後者憤而提出決鬥。當時由祖伯夫先開槍，普希金在對方射擊時還吃著櫻桃當早餐，結果對方那槍沒打中，換邊射擊時普希金沒開槍，卻也沒和解就離開。——俄文版編注與譯注

我們用手槍決鬥。

——巴拉汀斯基[1]

我發誓要按照決鬥規則打死他（在他之後我還有一次機會開槍）。

——《野營之夜》[2]

[1] 本題詞引自俄國詩人巴拉汀斯基的詩作〈舞會〉（1828）。——俄文版編注。

[2] 本題詞引自俄國作家別斯圖熱夫（Alexander A. Bestuzhev, 1797-1837）的中篇小說《野營之夜》（1822），他以筆名「馬爾林斯基」發表作品。——俄文版編注。

1

我們駐紮在〇〇小鎮。軍官的生活眾所周知。早上出操、練馬；在軍團指揮官那裡或猶太人的小飯館吃午飯；晚上則是喝潘趣酒[1]、玩紙牌。在這裡既沒有可隨意出入作客的人家，也沒有年屆婚嫁的小姐。我們只好輪流作東聚會，在這些聚會的場合，除了穿軍服的自己人，就看不到其他人了。

在我們這個社交圈子裡，只有一個人不是軍官。他年紀大約三十五歲，我們因此把他看成老頭子。豐富的閱歷讓他得以在我們面前享有許多特權；此外，他一貫的憂鬱、固執的性格和辛辣的言詞，也對我們這些年輕的腦袋有很大的影響。他的身世籠罩著某種難解之謎，他看起來像俄羅斯人，卻有個外國名字。很久以前他曾經在驃騎

[1] 一種混合果汁、香料、茶、酒的甜味酒精飲料，類似雞尾酒。

兵團服役，甚至還相當傑出；沒有人知道是什麼原因讓他退出軍旅並移居到這個貧窮小鎮，他在這裡的生活有時清貧，有時卻又揮霍：不論到哪裡都用走的，身上穿的是一件磨破的黑色常禮服，但是他會辦流水席宴請我們團裡所有的軍官。的確，他的午餐通常只是兩、三道由退伍士兵準備的菜，但與此同時，倒起香檳卻好像在倒白開水一樣。沒有人知道他的經濟情況和收入來源，也沒有人敢問他這些事情。他有些藏書，大多數是軍事方面的，也有些長篇小說。他樂於將書借人閱讀，從來不會要求歸還；但是他也從來不會把自己借來的書歸還原主。他平常主要的活動是手槍射擊。他房間的四壁都被子彈打得坑坑洞洞，到處都是蜂窩般的孔眼。豐富的手槍收藏則是他住的破土屋裡唯一的奢侈品。他的槍法已經到了令人難以置信的境界，如果他有意要一槍打掉隨便哪個人帽子上的梨子，我們軍團裡的每個人都會毫不猶豫地把頭獻出來讓他放梨子。我們之間常聊到決鬥，但希利維歐（我這麼稱呼他）從來不涉入這個話題。對於他是否與人決鬥過的問題，他只冷冷地表示曾發生過，但細節則避而不談。明顯可以看出，這樣的問題是他不喜歡的。我們推測，在他良心深處躺著某個他驚人槍法下的不幸犧牲品。不過，我們壓根都沒想過要懷疑他身上會有什麼類似怯懦的特質。

有一種人，光看他們的外表就足以驅散這種懷疑。直到一次偶發事件才讓眾人吃了一驚。

有一回，我們約莫有十名軍官在希利維歐那裡吃飯，大家像平常那樣喝酒，也就是說喝很多酒；飯後，我們慫恿主人當莊家為大家發牌。希利維歐一再拒絕，因為他幾乎從來不玩牌；最後，他要我們把紙牌給他，並且把五十個金幣倒在桌上，便坐下來發牌。我們圍著他坐下，賭局就開始了。希利維歐在賭局中習慣不發一語，既不爭辯也不解釋。如果有賠錯錢給下注的閒家，他會立刻補足短少的差額，或是記下多付的部分。我們都知道這點，也不妨礙他按自己的方式做莊；但是我們之中有一個不久前才調過來的軍官。他在下注時，不小心在紙牌上多摺了一個角。希利維歐拿起粉筆，依自己的習慣把對方欠的帳記下[1]。那位軍官認為莊家記錯了，趕忙解釋。希利維歐卻默默地繼續發牌。失去耐性的軍官伸手拿了刷子，把他認為平白多記的帳目擦掉。希利維歐再度拿起粉筆把帳記上。這位因為喝酒、輸錢和遭同袍嘲笑而情緒激動的軍官，

[1] 此處指閒家軍官該回合輸錢後，莊家認定閒家在紙牌摺角，而記了加倍下注的欠帳。——編注

認為自己受了奇恥大辱，盛怒之下，抓起桌上的銅燭臺丟了過去，希利維歐差點沒躲過這一擊。我們大家慌了起來。希利維歐從位子上站起身，他氣得臉色發白，眼神炯炯地瞪著說：「閣下，請出去，您可要感謝上帝，因為這件事是發生在我的家裡。」

我們對此事的下場毫不懷疑，都認為新來的同袍死定了。那位軍官立刻走出去，他表示準備為此負責，隨便莊家先生要怎麼辦都行。牌局又繼續了幾分鐘，但是，感覺到主人已經無心打牌，我們先後停手不玩，並且各自回到住處，路上還不忘討論很快就會出缺的職位。

第二天，我們在練馬場已經開始詢問可憐的中尉是否還活著，當他出現在我們面前時，我們拿同樣的問題問他。中尉表示，他沒有關於希利維歐的任何消息。這個回答讓眾人驚訝不已。我們跑到希利維歐那裡，發現他在庭院裡，把子彈一顆接一顆地打進一張黏在院子大門上的紙牌A。他照常接待我們，關於昨天發生的事一個字也沒提。過了三天，中尉還活著。我們驚訝地問：難道希利維歐不決鬥嗎？結果是，希利維歐不決鬥。他接受了輕描淡寫的解釋，已不再計較了。

這起事件非常嚴重地損害了他在年輕人心目中的評價。年輕人最是無法原諒缺乏勇氣的行為，因為他們通常把勇敢當成人類一切美德的最高表現，認為勇敢可以抵得過所有其他的缺點。然而，這一切逐漸被眾人淡忘，希利維歐再度恢復了他先前的地位。

只有我已經無法再和他親近，在此之前，我因為天生的浪漫想像力，較眾人更加心繫於這個身上透著謎一般氣息並且像是某種神祕小說的主角。他喜歡我，至少，只有在跟我說話的時候，他不會用上習慣的刻薄話語，而是單純地用罕見的愉快口氣和我談論各種話題。但是在那晚的衝突事故之後，他的名譽被玷污，而且因為他個人的過失而無法雪恥——這種想法始終離不開我的腦海，也讓我無法像以前那樣對待他。我看著他都覺得慚愧。希利維歐太聰明又太有經驗了，他不可能不注意到此事，也不會猜不出原因。看來，這讓他心痛難受；我注意到至少有一兩次他想要對我解釋清楚，但是我故意躲開，於是希利維歐也就不再和我來往。在那之後，我只有在公開的場合才會見到希利維歐，而先前我們那種自由自在的談話也不再有了。

悠閒的首都市民難以體會對於鄉村或小城居民再熟悉不過的事情，例如對郵遞日的期待：我們的軍團辦公室每週二和週五總會擠滿軍官，有人等錢，有人等信，還有人等報紙。包裹信封多半立刻就被拆開，消息也在現場流傳開來，辦公室呈現出一幅生動鮮活的景象。希利維歐用我們軍團的地址來收個人信件，所以他通常也都會到場。有一回，有人遞給他一封信，他表情非常迫不及待地拆開蠟封。他快速瀏覽來信，眼神炯炯發亮。軍官們各自忙著展讀自己的信件，什麼都沒注意到。「各位先生，」希利維歐對他們說，「迫於情勢我得立刻離開，今天晚上就走。希望各位不要拒絕到我那裡最後一次聚餐。」「我也等您來，」他轉向我繼續說，「請務必出席。」說完這句話，他就匆匆走了；而我們約好了到希利維歐那裡碰面後，也各自散去。

我在約定的時間到了希利維歐那裡，發現我們全團的軍官幾乎都到齊了。他的所有家當都已經收拾完畢，只剩下幾面空蕩蕩、被子彈打穿的牆壁。我們在桌邊坐下，主人非常高興，他的歡樂立刻感染了大家；酒瓶軟木塞一刻不停地砰砰響，酒杯裡不間斷地冒著氣泡、嘶嘶作響，我們用最誠摯的心祝福啟程者旅途平安，一切順利。大家起身離開的時候，已是深夜。在大夥各自拿帽子時，希利維歐和大家逐一道別，當我準備要走的那一刻，他抓住我的手把我留下，「我需要和您談一談。」他低聲說。我於是留了下來。

客人都走了，只剩我們兩個人，我們面對面坐下，靜靜抽著菸斗。希利維歐憂心忡忡，剛才狂歡的樣子已不復見。陰鬱的蒼白面孔、發亮的眼睛和嘴裡吐出的濃煙，讓他的外表看起來就像是個真正的惡魔。過了幾分鐘，希利維歐打破沉默。

「或許，我們再也不會見面，」他對我說，「在離別之前，我想對您解釋。您可能注意到，我不太管別人的想法；但我敬愛您，如果在您的心中留下錯誤印象，我會覺得很難過。」

他停下話來，開始填塞已燃盡的菸斗；我垂下雙眼，沉默不語。

「您一定覺得很奇怪，」他繼續說，「我竟然沒有向那個喝醉酒的瘋子R提出決鬥的要求。您應該同意，我有權選擇武器，他的命在我的手裡，而我的命幾乎是安全無虞，當然我大可以把我的謙抑溫和看作是寬宏大量，但我不想撒謊。如果我可以懲罰R，而完全不會危害到我的性命，那我說什麼也不會放過他。」

我驚訝地看著希利維歐。這樣的告白真是把我搞糊塗了。希利維歐繼續說：「所以很清楚：我沒有權利讓自己遭受死亡的威脅。因為六年前我挨了一巴掌，而我的仇人至今還活著。」

我的好奇心被強烈地激起。

「您沒和他決鬥嗎？」我問，「或許是大環境讓你們分了開來？」

「我和他決鬥了，」希利維歐回答，「而這就是我們那場決鬥的紀念品。」

希利維歐站起身，從硬紙盒裡拿出一頂有金穗帶、鑲銀邊的紅色帽子（也就是法國人所說的警察帽[1]），他把帽子戴上，帽子在距離額頭上方一寸[2]的地方被打穿了一個洞。

「您知道，」希利維歐繼續說，「我曾經在〇〇驃騎兵團服役。我的個性您也曉得：我習慣當第一，但我從年輕時候就愛這樣。在我們那時代，打架鬧事盛行：我是整個部隊裡的頭號麻煩人物。大家愛誇耀酒量：我喝得比被杰尼斯．達維多夫[3]稱頌而聞名

---

[1] 原文用法文「bonnet de police」。

[2] 此處指俄寸，一俄寸約等於四．四公分。

[3] 杰尼斯．達維多夫（Denis V. Davydov, 1784-1839），與普希金友好的俄國詩人，曾任驃騎兵團軍官，生涯歷經多次戰役，是一八一二年俄法戰爭中俄軍游擊隊的著名將領。

的布爾佐夫[4]還多。在我們部隊裡經常發生決鬥：這些決鬥我都參與其中，不是當見證人，就是當事的一方。同袍們對我熱情愛戴，但是對輪調不停的部隊指揮官們來說，就會把我視為難以避免的禍害。

「我安穩地（或者該說不安穩地）沉醉在我的名聲之中，直到一個年輕小伙子被調過來，那是一個家境富裕且出身顯赫的人（我不想說出他的姓名）。有生以來沒見過這麼閃亮耀眼的幸運兒！您想想看，年輕、聰明、英俊、無比奔放的歡樂、完全無畏的勇敢、赫赫有名的家世、多到不知道有多少且一輩子都花不完的財富，您想像一下，他會給我們帶來什麼影響。我的領導地位動搖了。在我的名聲吸引之下，他開始試著尋求我的友誼；但我對待他冷漠，他也就不帶任何遺憾地和我保持距離。我痛恨他。他在軍中和在女人社交圈的成就把我逼到徹底絕望。我開始找機會和他起爭執；對於我的諷刺詩，他也用諷刺詩回應，而他的詩總是讓我出乎意料，比我的更機智，

---

[4] 布爾佐夫（Aleksei P. Burtsov, 1780-1813），驃騎兵團軍官，以放浪縱酒聞名，與達維多夫私交甚篤；後者曾撰文稱頌其豪飲。——俄文版編注

而且，當然，遠遠有趣得多：他是在開玩笑，而我則是在發脾氣。終於有一次，在一位波蘭地主家裡的舞會上，我看到他成為會場所有女士的注目焦點，特別是過去曾經和我有過一段情的女主人，我在他耳邊說了幾句無禮的蠢話，他勃然大怒，給了我一個巴掌。我們衝著去拿軍刀，女士們暈了過去，旁人把我們拉開。就在當天夜裡，我們前去決鬥。

那時已是破曉時分。我站在約定的地方，同行的還有我的三位決鬥見證人。我帶著一種無法解釋的不耐煩，等待我的對手。春天的太陽升起，周圍暖了起來。我遠遠地看到他。他是徒步走過來的，軍服吊掛在配刀上，有一位見證人陪同在後。我們迎面走向他。他逐漸靠近，手裡拿著一頂裡面裝滿了櫻桃的軍帽。見證人幫我們丈量了十二步的距離。我本該先開槍[1]：但是我心中的恨意如此強烈，讓我不敢指望手的準度，為了給自己時間冷靜下來，我把第一槍讓給他：我的對手不同意。我們決定抽籤：結果一號被他抽到，運氣總是眷顧他。他瞄了一下然後一槍打穿我的軍帽。這時候輪

[1] 當時決鬥規則的一種，受辱的一方可以先開槍，但實際運作方式可依當事雙方議定。——編注

到我了。他的命終於落到我的手上；我貪婪地看著他，想在他臉上找出不安，即使是一絲影子也好……他在我的槍口下站著，從帽子裡挑著熟透的櫻桃，同時從嘴裡吐出果核，還剛好飛到我的面前。他那種不在乎的神態簡直讓我氣瘋了。我想，如果他一點都不珍惜，那奪走他的性命對我又有何好處？一個壞念頭閃過我的腦中。我放下手槍。「看來您目前還命不該絕，」我對他說，「請您先吃早餐，我不願打擾您。」「您一點都不會影響我，」他反駁，「請儘管開槍，其實，隨您想怎麼樣都行：輪到您的那一槍終究是您的。我隨時敬候賜教。」我轉向旁邊的見證人，宣稱我目前沒有開槍的打算，這場決鬥就這樣結束了。

「我因此退伍並來到這個小鎮。從那之後到現在，沒有一天能夠讓我不想到報仇這件事。如今我的時機到了……」

希利維歐從衣袋裡掏出早上收到的信，把信交給我讀。有人（似乎是他的產業委託管理人）從莫斯科寄信通知他：**某人**很快就要與一位年輕美麗的小姐正式步入婚姻生活。

「您應該猜得到，」希利維歐說：「這**某人**是誰。我要去莫斯科。我們來看看，在他舉行婚禮之前，是否能夠毫不在乎地迎接死亡，就像他當年面臨死亡還吃著櫻桃那樣！」

說這句話的時候，希利維歐站起身，把那頂帽子丟在地板上，然後在房間裡來回走動，就像一頭籠子裡的老虎。我一動也不動地聽著他說話；各種奇怪而互相矛盾的感覺讓我不安。

僕人進來報告馬已經備妥。希利維歐緊緊地握了我的手；我們互相親吻道別。他坐上馬車，車上已經放著兩箱行李，一箱是他珍藏的那些手槍，另一箱則是家當雜物。我們再一次道別，然後馬兒就邁開大步，奔馳而去。

2

過了幾年，家庭因素迫使我移居到N縣的偏僻小村莊。經管家務的同時，我仍然不時悄悄地感嘆過去那段熱鬧而無憂的生活。對我來說，最難的是要習慣在秋冬的夜晚一個人獨居。午飯以前，我還能勉強把時間挨過去，和工頭聊聊，或是出門辦事、逛逛新開的店鋪；如果很快天黑，我就完全不知道要去哪裡了。在書櫃和儲藏室裡找到的寥寥幾本書，我都已經熟到會背了。女管家基里洛弗娜能記得的所有故事，都已經跟我說完了。村婦們唱的歌曲只會讓我更加鬱悶。我開始喝不加糖的果子酒，但這種酒總是害我頭疼；沒錯，我承認，我害怕自己會**藉酒澆愁**，變成所謂無可救藥的**酒鬼**，我在我們縣裡見到很多這種例子。我住的附近沒有親近的鄰居，只有兩、三個**酒鬼**，他們的談話多半都在打嗝和嘆氣。相較之下，獨居還容易忍受些。

距離我四里[1]之外有一座華麗的莊園，莊園屬於B伯爵夫人所有；但是裡面只住著管家，伯爵夫人只造訪過莊園一次，就在她嫁人後的第一年，而且在莊園裡只住了不到一個月。不過，在我隱居生活的第二年春天，有消息說伯爵夫人將偕同夫婿在夏天到鄉下來。事實上，他們是在六月初抵達的。

顯貴鄰人的到來對於鄉村居民來說是破天荒的大事。地主們和僕役們從兩個月之前就開始談論此事，之後還可以談上兩三年。至於我，必須承認，年輕又貌美的鄰居抵達的消息對我確實影響很大；我迫不及待地想看到她，因此我在她抵達後的第一個星期天下午，以近鄰及願意隨時效勞的名義前往〇〇村拜訪伯爵及夫人。

僕役引我進入伯爵的會客書房，然後去通報主人有客來訪。寬敞的書房裝潢極盡豪奢，牆邊立著一排書櫃，每個書櫃上都放著青銅半身雕像；大理石壁爐上方掛著一面大鏡子；地板都用了綠色呢絨包覆，上面還鋪滿了地毯。遠離繁華後，一個人守在鄉間貧乏的一隅，久未見識到他人的豪闊，我膽怯地帶著一種惶恐的心情等待伯爵，

---

[1] 此處指俄里，全書亦同，一俄里約等於一．〇六公里。

好像鄉下來的陳情者等著部會首長出來接見一樣。大門打開，一名年約三十二歲、外貌極其出眾的男子走了進來。伯爵以一種坦率友好的態度向我走近；我努力打起精神，本該要介紹自己，但他趕在我之前先開了口。我們坐下來。他的言談既友善又無拘束，很快消除我笨拙的靦腆不安；正當我開始恢復正常時，伯爵夫人突然走進來，我困窘不安的程度比剛才更厲害。確實，她是個美女。伯爵把我介紹給夫人；我想表現出輕鬆自然的神態，但我越想裝出毫不拘束的樣子，就越是感覺到不自在。為了讓我有時間恢復並且適應結識新朋友的場合，他們開始彼此交談，不拘儀節地對待我，就像對待善良的鄰人那樣。這時候我開始在書房裡走來走去，隨便看看藏書和牆壁上的畫。我對畫並不內行，但是有一幅畫吸引我的注意力。這幅畫描繪的是瑞士某個地方的景色，但是讓我驚訝的不是畫裡的風景，而是被兩顆子彈打穿的畫布本身，其中一顆子彈壓在另一顆上面。

「這槍射得好。」我轉頭對著伯爵說道。

「是啊，」他回答，「絕妙的一槍。那您槍法好嗎？」他接著問我。

「滿好的，」我回答，同時高興談話終於觸及我熟悉的事物。「三十步的距離，射擊紙牌不會失手，當然是用自己熟悉的手槍。」

「真的？」伯爵夫人神情非常專注地問，「那你呢，我親愛的，能不能在三十步射中紙牌？」

「找個時間，」伯爵回答，「我們試看看。從前我射得還不差；但是我現在已經四年沒握過槍了。」

「啊，」我說，「這樣的話，我敢打賭，閣下您在二十步的距離也射不中紙牌，因為手槍射擊需要天天練習。這我是從經驗得知的。我在我們軍團裡被認為是射擊高手之一。有一回我一整個月都沒碰槍，因為我的手槍都送去修理了；閣下，您猜怎麼樣？在這之後我第一次射擊，竟然連續四槍都沒打中二十五步外的瓶子。我們有一個騎兵大尉，是個愛說俏皮話的逗趣傢伙，他馬上冒出來對我說：『老弟！看來你是捨不得打破瓶子。』不，閣下，不能輕忽練習的重要性，否則一定會生疏。我至今有幸遇到最強的神槍手，他每天射擊，每天午飯前至少射三槍，這是他的規矩，就好像用餐時喝一小杯伏特加一樣。」

伯爵和夫人見到我打開話匣子，都很高興。「他槍法如何？」伯爵問我。

「沒話說！閣下，曾經有一回，他看到牆上停了一隻蒼蠅：您在笑，伯爵夫人？對天發誓，是真的。他看到蒼蠅，然後就喊：『庫茲卡，手槍！』庫茲卡就給他送上一把填好子彈的手槍。他砰一聲，就把蒼蠅打進牆裡！」

「太驚人了！」伯爵說，「那他叫什麼名字？」

「希利維歐，閣下。」

「希利維歐！」伯爵驚叫，從他的座位跳起來，「您認識希利維歐？」

「怎麼會不認識，閣下，我和他是朋友，他在我們軍團被當成是自己兄弟一樣；如今大概有五年了，我沒有他半點消息。所以，閣下也知道他？」

「知道，非常清楚。他有沒有對您說過……不，我不這麼認為，他有沒有對您說過一段非常奇怪的往事呢？」

「是不是一個巴掌呢？閣下，在舞會上某個浪蕩公子賞給他的？」

「那他有沒有告訴您那個浪蕩公子的名字？」

「沒有，閣下，他沒說……哎呀！閣下，」我繼續說，同時猜到了真相，「請原諒……我不知道……難道就是您？」

「正是我，」伯爵用一種看起來非常落寞的神態回答，「而被射穿的那幅畫就是我和他最後一次見面的紀念品……」

「啊，我親愛的，」伯爵夫人說，「看在老天的份上，不要再說了，我聽了會害怕。」

「不，」伯爵反對，「我要把一切都說出來，他已經知道我是怎麼侮辱他的朋友，那就讓他也知道希利維歐是如何向我報仇的。」

伯爵推了一把扶手椅給我，我滿懷好奇地聽了以下的故事。

「我在五年前結婚。頭一個月，是蜜月[1]，我在這裡度過，就在這個鄉間。我生命中最美好的時光和一段最沉重的回憶，都多虧了這棟房子。

「有一天傍晚我們一起騎馬，妻子的馬不知怎麼鬧彆扭，她很害怕，就把轡繩交給我，自己走路回家；我繼續向前騎。我看到庭院裡停了一輛長途大馬車；我被告知有一位客人待在我的書房裡，那人不願透露自己的姓名，只表示有事找我。我走進這個房間，看到有個人在黑暗之中，一身塵土、滿臉鬍鬚；他就站在靠近壁爐這裡。我

---

[1] 原文用英文「the honey-moon」。

走近他，努力想認出他的臉孔。『伯爵，你認不出我嗎？』他用顫抖的聲音說。『希利維歐！』我叫出聲來，我承認，我頓時感覺到全身汗毛豎立。『沒錯，』他繼續說，『輪到我開槍，我是來開我那一槍的，你準備好了嗎？』他的手槍從衣服側袋裡露了出來。我量了十二步，然後站在角落，請他在我妻子還沒回來之前快點開槍。他遲遲不動手，後來還要求點燈。僕人送上蠟燭。我將門反鎖，不許任何人進來，然後再度請他開槍。他取出手槍瞄準……我算著時間……我心裡想著她……過了嚇人的一分鐘！希利維歐卻把手放下。『可惜，』他說，『槍裡面裝的不是櫻桃果核……子彈是很沉重的。我還是覺得，我們這不是決鬥，而是謀殺——我不習慣瞄準手無寸鐵的人。我們重新再來一次：抽籤，決定誰先開槍。』我只覺得暈頭轉向……我好像沒同意……最終我們還是又裝填了一把手槍，捲起兩個籤紙；他把兩個籤放進帽子，就是從前被我射穿的那頂；我又抽到一號。『你啊，伯爵，真是見鬼的好運。』他冷笑著說，我永遠忘不了那一抹冷笑。我不知道自己發生了什麼事，也不曉得他究竟用了什麼方法逼我……總之，我開了一槍，並且就射在那幅畫上。（伯爵用手指著被射穿的那幅畫，他的臉像火一樣紅；伯爵夫人的臉則是比她的手帕還要白——我無法克制自己的情緒，不禁驚叫出聲。）

「我開槍了，」伯爵繼續說，「而且，感謝上帝！沒打中；當時希利維歐……（這個時候伯爵的樣子真的很嚇人）希利維歐開始對我瞄準。突然門打開了，瑪莎跑進來，尖叫著撲上來抱住我的脖子。她的出現讓我找回所有的勇氣。『親愛的，』我對她說，『妳難道看不出我們在開玩笑嗎？妳怎麼嚇成這個樣子！先去喝杯水，然後再過來找我們；我介紹一個老朋友和舊日的軍中同袍給妳。』瑪莎仍然不相信。『請告訴我，我丈夫說的是不是真的？』她轉向表情嚴峻的希利維歐說，『你們兩人都在開玩笑，是真的嗎？』『他總是在開玩笑，伯爵夫人，』希利維歐回答她，『有一回他開玩笑地給了我一巴掌，開玩笑地射穿了我的這頂帽子，如今又開玩笑地沒射中我；現在換我也想開開玩笑……』說完這句話，他想要舉槍瞄準我……當著她的面！瑪莎衝過去抱住他的腿。『起來，瑪莎，丟臉！』我發了狂對她大叫，『至於您，先生，是否該停止挖苦這個可憐的女人？您到底開不開槍？』『我不開槍，』希利維歐回答，『我滿意了——我看到你的驚慌失措和膽怯；我逼著你對我開槍，我已經心滿意足。你會記得我，我把你交給你的良心。』這時候他本來要出去，但是走到門邊，回頭看了一眼被我射穿的畫，他瞄也不瞄就對畫開了一槍，隨即人就走了。妻子暈倒在地上；僕人們不敢攔阻他，只能驚惶地看著他；他走出去到門外的台階上，叫喚車夫，在我還沒來得及回過神來之前，他就上車離開了。」

伯爵停頓不語。就這樣，我得知了這個從一開始就讓我驚訝不已的故事結局。我和故事中的主角再也沒碰面。據說，在亞歷山大．伊普西蘭提[1]起義時，希利維歐領導一支希臘民兵[2]，在斯古良尼附近的一場戰役[3]中陣亡了。

---

[1] 亞歷山大．伊普西蘭提（Alexander K. Ypsilanti, 1792-1828），生於伊斯坦堡的希臘貴族後裔，一八〇五年隨父親遷居俄國，曾參加一八一二年俄法戰爭，在戰役中失去右手；一八二一年在摩達維亞（現今的摩爾多瓦）發動反抗鄂圖曼土耳其帝國的軍事起義，失敗後逃亡到奧地利。普希金在作品中曾經不只一次提到伊普西蘭提在一八二一年的起義行動。

[2] 指當時反鄂圖曼土耳其帝國統治的的希臘民族祕密組織。——俄文版編注

[3] 斯古良尼（Skulyany）位於摩達維亞境內的村落。這場戰役發生在一八二一年六月十七日（西曆二十九日），是希臘獨立戰爭的序曲之一；普希金當時被流放在摩達維亞，據此事件寫下了詩、小說〈勇士基爾札利〉（Kirdzhali）等作品。——俄文版編注與譯注

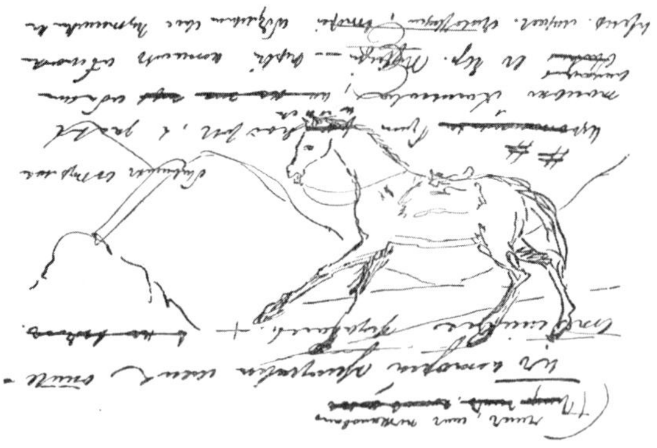

普希金的〈阿爾茲魯姆旅行〉手稿，在文字裡畫了一匹上了鞍的馬在山間。

暴風雪

馬兒在山崗上奔馳，
踏著深深的積雪……
在另一邊看得到
有座孤零零的教堂。
……
暴風雪突然圍繞四周；
一片片大雪滾滾而落；
烏鴉在雪橇上空盤旋，
振翅呼嘯；
不祥的聲音傳達出哀愁！
疾奔的馬兒
敏銳地注視黑暗的遠方，
揚起了鬃毛……

——茹科夫斯基[1]

[1] 茹科夫斯基（Vasily A. Zhukovsky, 1783-1852），俄國詩人、翻譯家、評論家，題詞取自其一八一三年的詩作〈斯維特蘭娜〉。——俄文版編注與譯注

一八一一年底，在那個值得我們記憶的年代，在涅納拉多沃的一處莊園裡住著一位和善的加弗利爾·加弗利洛維奇·雷〇〇。他的親切好客是附近地方最有名的；鄰居經常到他的莊園裡吃吃喝喝，和他的夫人玩玩五戈比[1]一局的波士頓牌[2]；然而有些人是為了來看看他們的女兒——瑪麗亞·加弗利洛芙娜——一個身材修長、皮膚白皙的十七歲姑娘。她被公認是最完美的新娘人選，許多人想要娶她為妻，也有些人是要她當自己的兒媳婦。

瑪麗亞·加弗利洛芙娜是從小閱讀法國浪漫小說長大的，也就是因為這樣，她戀愛了。她看上的對象，是個貧窮的陸軍准尉，目前因休假而回到鄉下的故居。當然，這位年輕人對她也懷有相同的熱情，但是他心上人的父母發現兩人相互傾心後，便要求女兒不可以想他，而他們對待他的態度，比對退休的陪審員還糟。

我們的這對戀人互通書信，而且每天相約在松林深處或是在舊的禮拜堂外頭密會。

[1] 俄國貨幣單位，為盧布的百分之一。

[2] 一種當時的紙牌遊戲，通常是四個人用兩副紙牌玩。

他們在那裡發誓對彼此的愛始終不渝，埋怨命運弄人，還作出各種各樣的推測假想。他們就這樣通信談話，然後（非常自然地）得出下列的結論：如果我們少了對方就活不下去，嚴苛的父母又決意阻礙我們的幸福，難道我們沒有他們的同意就不行嗎？當然，這個幸福的想法首先浮現在年輕小伙子的腦海裡，然而這種想法也深深契合瑪麗亞．加弗利洛芙娜的浪漫想像力。

冬天來臨，兩人的密會因而中斷；但是書信往來更加熱烈。弗拉基米爾．尼古拉耶維奇在每一封信裡懇求對方相信他——祕密結婚，逃走一段時間，然後再回去撲倒跪在父母的跟前，當然，父母最後一定會被這對不幸戀人那種堅毅的忠貞愛情所感動，他們遲早會說：「孩子們！回到我們的懷抱裡吧。」

瑪麗亞．加弗利洛芙娜一直猶豫不決；好幾個私奔的計畫都被否決。最後，她同意了：在約定的那天，她應該要藉口頭痛而不吃晚餐，離席回自己的房間。她的侍女也參與密謀；她們兩人將會經過屋後的門廊走進花園，找到在花園外事先備妥的雪橇，坐上雪橇然後前往距離涅納拉多沃五里遠的札德林諾村，直接進教堂，弗拉基米爾會在教堂裡等。

決定私奔那天的前一晚，瑪麗亞．加弗利洛芙娜整夜沒睡；她收拾行李，包好衣物，寫了一封長信給她的手帕之交——一位多愁善感的富家小姐，另一封信則是留給自己的父母。她用了最感人的語句與父母道別，對於自己因為無法抗拒激情而犯下的過錯道歉，她表示，如果能夠再次撲到最敬愛的雙親跟前，會是她這一生最幸福的時刻，並且用這段話作為書信的結尾。在兩封信上用圖拉[1]印章封緘，印記上的圖形是兩顆熾熱的心和她端正的簽名。直到天快亮的時候，她才躺到床上，昏昏睡去；但是可怕的夢境接連不斷地讓她驚醒。有時她覺得，當她坐上雪橇，準備去結婚的時候，她的父親阻止了她，他用快得讓人受不了的速度拖著她在雪地上跑，然後把她丟入黑暗的無底洞……接著她疾速飛落，心裡有一股難以解釋的極度恐慌。有時她看到蒼白而染滿鮮血的弗拉基米爾躺在草地上。垂死的他，語音尖銳地懇求她趕緊和他結婚……還有其他各種混亂、無意義的影像在她眼前一個接一個閃過。最後她醒了過來，臉色比平時更蒼白，頭也真的痛了起來。父親和母親注意到她的不安；他們溫柔的關心和接二

[1] 圖拉是俄國的一個省，位於莫斯科南方一百多公里，當地以傳統金屬工藝聞名。

連三的問題折磨著她的心：妳怎麼了，瑪莎[2]？是不是哪裡不舒服呢，瑪莎？她努力安撫他們，試著表現出快樂的樣子，但是做不到。夜色降臨。已經是自己在家裡最後一天的這種想法，讓她心痛。她勉力支撐，暗中和所有人道別，也和她身邊的所有事物道別。

晚餐備妥了；她的心跳加劇。她嗓音顫抖地說不想用晚餐，然後她就和父母道晚安。他們親吻她，而且照例祝福她：她差一點沒哭出來。走回自己的房間，她一下子坐到扶手椅上，眼淚就撲簌簌流了下來。侍女勸她平靜下來，要她打起精神。一切準備就緒。半小時後，瑪莎就要永遠離開父母家、她自己的房間，拋開平靜的閨女生活……外面有暴風雪；狂風呼嘯，護窗板搖晃，咚咚作響；對她來說，這一切似乎都是危險的警訊和憂傷的預兆。很快地，屋子裡的一切都安靜下來。瑪莎圍上披肩，穿上厚重禦寒的長大衣，手裡拎著自己的小箱子，走出房間到了屋後的門廊。侍女跟在她後頭，拿了兩個包袱。她們走進了花園。暴風雪未曾稍減，強風迎面吹來，彷彿要

[2] 瑪莎是瑪麗亞的暱稱。

努力阻止年輕的女罪犯。她們好不容易走到花園盡頭，雪橇在路上等著她們。凍僵的馬兒都站不住腳；弗拉基米爾的馬車夫在車轅前來回踱步，設法安撫激動不安的馬兒。他幫小姐和侍女坐上雪橇，將包袱和箱子安放妥當後，拿起韁繩，馬兒便飛馳而去。我們把小姐交給命運之神和具備嫻熟駕馭技術的馬車夫捷留什卡，回頭來看看我們這位陷入熱戀中的年輕人。

弗拉基米爾一整天都在外頭奔忙。早上他去找札德林諾村的神父，費了一番功夫說服對方；然後他去拜訪附近的幾個地主，從中挑選結婚的見證人。他的第一個拜訪對象——退役的四十歲騎兵少尉德拉溫——欣然接受邀請。弗拉基米爾保證，這件不尋常的冒險能讓德拉溫回想起過往的時光和騎兵團式的胡鬧。德拉溫勸對方留下來一起用午餐，他告訴弗拉基米爾，要找到另外兩個見證人絕不是問題。事實上，午餐後立刻就有兩個人來拜訪：蓄小鬍子、皮靴上裝了馬刺的土地測量官史密特和當地警察局長的兒子——一個十六歲左右、不久前才剛加入槍騎兵的小毛頭。他們不只接受了弗拉基米爾的邀請，甚至發誓願意為他犧牲性命。弗拉基米爾大喜過望，擁抱兩人，然後就回家準備一切。

已經天黑很久了。他之前派了他可靠的捷留什卡駕著三匹馬拉的雪橇去涅納拉多沃，行前下達詳盡完整的指示；他另外命人幫自己套好一匹馬拉的小雪橇，然後他不帶車夫，一個人駕著雪橇出發前往札德林諾村，瑪麗亞．加弗利洛芙娜兩個小時後也會到達那裡。這條路他很熟，路程只需要二十分鐘。

但是就在弗拉基米爾駛出村外，進入荒野之際，狂風大作，起了一場暴風雪，他什麼都看不到。路面瞬間被大雪覆蓋，四周完全消失在昏黃的蒼茫之中，只見團團白雪穿透這片蒼茫飛落而下；天地連成一片。弗拉基米爾在不知不覺中困在荒野，想重新找回原路，卻徒勞無功；馬的蹄下忽高忽低，一會兒駛上雪堆，一會兒又陷入坑洞；雪橇也因此不時翻覆。弗拉基米爾努力試著不要迷失方向，他覺得似乎已經過了半個多小時，卻還沒駛到札德林諾村外的那片樹林。又過了大約十分鐘，還是沒見到樹林的影子。弗拉基米爾駕著雪橇奔馳在一道道深溝交錯的荒野上。暴風雪吹個不停，天空絲毫沒有清朗的跡象。馬開始累了，雖然不時就會陷入深達腰部的雪堆裡，但是弗拉基米爾的身上卻是汗如雨下。

最後他發現，他走的方向不對。弗拉基米爾停下來：開始想，回憶，思索釐清

——然後他確信，應該往右走。他往右邊駛去，但他的馬幾乎跑不動了。他在路上已經超過一小時。札德林諾應該就在不遠的地方。但是他走了又走，荒野卻無止無盡。到處都是雪堆和溝壑；雪橇不停地翻覆，他不斷地把雪橇翻回來。時間一分一秒過去，弗拉基米爾開始感到強烈不安。

終於，旁邊開始出現黑色的輪廓。弗拉基米爾轉往那個方向去。靠近之後，他看到樹林。他心想，感謝上帝，現在快到了。他駛近樹林，希望能立刻走到自己熟悉的路，或者是繞過這片樹林——札德林諾就在樹林後面。很快他就找到路，並且駛入陰暗的樹林之中；這條路相當平坦，馬兒振作起精神，弗拉基米爾也稍稍安心。

但是他駕橇前進又前進，仍然沒看到札德林諾，只有無止盡的樹林，弗拉基米爾驚覺他駛進了陌生的樹林中。他整個人頓時陷入絕望。他用力打馬；可憐的牲畜先是快步小跑，但很快就疲倦了，過了一刻鐘以後，雖然不幸的弗拉基米爾費盡所有努力，但馬兒只能慢步前進。

林木逐漸稀疏，弗拉基米爾駛出了樹林，但沒看到札德林諾。應該已經快到半夜了。淚水從他的眼眶裡湧出；他只能碰運氣地向前行駛。暴風雪停歇了，烏雲散去，在他面前是一片鋪滿白色波浪狀地毯的平原。夜空相當清朗，他看到不遠處有個四、五間農舍的小村子。弗拉基米爾向村子駛去。他在第一間小木屋前跳下雪橇，跑向窗子並且敲打起窗板。過了幾分鐘，木頭窗板向上拉起，一個老頭從窗裡探出一把灰白的鬍子。「你要幹嘛？」「札德林諾遠不遠？」「你要問札德林諾遠不遠？」「對，對！遠不遠？」「不遠，差不多十幾里。」聽到這個回答，弗拉基米爾嚇得抓起頭髮，呆立不動，像是個被判了死刑的犯人。

「那你是打哪來的？」老頭繼續問。弗拉基米爾沒心情回答。「老頭，或許，」他說：「你能找幾匹馬讓我到札德林諾？」「我們哪來的馬？」老傢伙回答。「那能不能找個嚮導來？我會付錢，看他要多少都行。」「等等，」老頭說，同時把窗板放下，「我派我兒子給你，他帶你過去。」

弗拉基米爾開始等。過不了幾分鐘，他又開始敲窗板。窗板向上拉起，鬍子出現。「你要幹嘛？」「你兒子呢？」「他馬上出來，在穿靴子。你是不是凍壞了？進來取暖一下。」「感謝，趕快叫兒子出來。」

木板門嘎吱一響，小伙子拿著一根木棍走了出來，向前帶路，他一邊指引，一邊尋找被雪堆覆蓋的道路。「什麼時候了？」弗拉基米爾問他。「很快就天亮了。」小伙子回答。弗拉基米爾真是連一句話都說不出來了。

當他們抵達札德林諾時，雞啼響起，天色也亮了。教堂的門是關著的。弗拉基米爾把錢付給嚮導，走進院子裡找神父。他那輛三匹馬拉的雪橇不在院子裡。等著他的是個駭人的消息！

我們回到善良的涅納拉多沃地主夫婦那邊，看看他們發生了什麼事。

什麼事都沒發生。

兩老起床後走進客廳，加弗利爾·加弗利洛維奇戴著睡帽，穿著絨布晨袍，普拉斯科維雅·彼得羅芙娜穿著繡花棉袍。僕人送上茶炊[1]，加弗利爾·加弗利洛維奇叫小侍女去問問瑪麗亞·加弗利洛芙娜的身體狀況，還有昨晚睡得好不好。小侍女向他們回報，小姐說她睡得不好，不過她現在覺得好些了，還有，她說要到客廳來。果然，

[1] 金屬製的煮水壺，俄式茶炊底部內設火爐，連通壺中央的煙囪管，可添材火加熱將壺中的水煮沸，再以此沸水泡茶，茶炊被視為俄國生活的象徵之一。

客廳的門就在這時敞開了，瑪麗亞．加弗利洛芙娜走向爸媽問安。

「妳的頭感覺怎麼樣，瑪莎？」加弗利爾．加弗利洛維奇問道。「好一點了，爸爸。」瑪莎回答。「瑪莎，昨天晚上妳大概是吸到煤氣暈了頭。」普拉斯科維雅．彼得羅芙娜說道。「可能吧，媽媽。」瑪莎回答。

白天很順利地過去了，但是瑪莎在夜裡病了。他們派人到城裡找醫生。醫生將近傍晚時趕到，發現病人在囈語，高燒不退，可憐的病人整整兩個星期的時間都奄奄一息，命在旦夕。

家裡面沒有人知道她預定私奔的事情。她在私奔前一晚寫的那些信，都被燒掉了；她的貼身侍女擔心老爺夫人大發雷霆，沒敢對任何人吐露半個字。神父、退役的騎兵少尉、有鬍子的土地測量官和年輕的槍騎兵，每個人的口風都很緊，這也難怪。車夫捷留什卡從來就不會多說一句不該說的話，即使喝醉時也是如此。所以，祕密就被這超過半打的密謀者合力掩藏起來。但是瑪麗亞．加弗利洛芙娜在不停囈語時說出了自己的祕密。不過，她的話語是如此荒誕不經，以致守在床邊照料的母親能夠從中理解的，只有她的女兒深深愛著弗拉基米爾．尼古拉耶維奇，還有，很可能愛情就是女兒生病的原因。她和自己的丈夫商量，又徵詢了幾位鄰人的意見，最後大家一致認為：顯然，瑪麗亞．加弗利洛芙娜命中注定如此，他們倆是天生一對，並說「貧窮不是缺點」，還說「不是和錢一起過日子，而是和人一起過日子」，諸如此類的話。當我們自己想不出什麼好理由時，這些道德勸世的諺語往往能發揮令人驚訝的功效。

在這個時候，小姐的身體逐漸康復。弗拉基米爾很久沒有出現在加弗利爾．加弗利洛維奇的宅邸中。這個尋常的接待嚇壞了他——他們派人去找他，向他宣布這個令人意外的喜訊：同意這樁婚事。但是，當送出邀請的涅納拉多沃地主夫婦收到回信時，其中幾近瘋狂的內容真讓他們驚訝莫名！他向他們宣布，他的腳再也不會踏進他們的家門一步，他還要求大家忘記他這個不幸的人，對他來說，死亡是唯一的希望。過了幾天，他們得到消息，弗拉基米爾離開了，回到部隊。這時是一八一二年[1]。

家人們都不敢把這事告訴瑪莎。她從來沒提過弗拉基米爾。過了好幾個月，當瑪

[1] 一八一二年六月拿破崙出兵俄國，俄國稱此戰為「衛國戰爭」，法軍在同年九月攻占莫斯科，但因為孤軍深入及不耐嚴寒，最後在撤退途中遭到俄軍伏擊，這場戰爭歷時五個多月，法軍慘敗。

莎發現他的名字赫然出現在博羅季諾戰役[2]的重傷和陣亡名單之中，她頓時陷入暈厥。大家都擔心，怕她又像上次那樣高燒不退。然而，感謝上帝，這回的暈厥並沒有引發後續病症。

另一樁悲劇也降臨在她身上：加弗利爾．加弗利洛維奇去世了，他把所有的莊園財產都留給女兒。但是這些遺產無法安慰她的心；她還要分擔可憐的普拉斯科維雅．彼得羅芙娜心中深深的哀痛，她發誓絕不會丟下母親。她們兩人離開涅納拉多沃這個傷心回憶之地，前往〇〇莊園居住。

追求者立刻環繞在這位可愛又富有的待嫁姑娘身邊；但是她連最渺小的希望都不給任何人。母親有時勸她為自己挑個男朋友；瑪麗亞．加弗利洛芙娜只是一味搖頭，憂心沉思。弗拉基米爾已經不在人世了，他在法軍攻入莫斯科的前一晚，死在那裡。對瑪莎來說，對他的回憶是神聖的；她盡可能保存一切能夠回想起他的東西：他以前

[2] 博羅季諾（Borodino）位在莫斯科西方一二五公里處，一八一二年法軍攻入莫斯科前，於八月二十六日在此地與防守的俄軍會戰，雙方死傷慘重。

讀過的書、他的素描作品、樂譜和他為她抄錄的詩句。得知一切的鄰人訝異於她的忠貞不渝，同時好奇地等待一位英雄的出現，看他最後如何戰勝這位貞潔阿爾特密西亞[1]令人悲嘆的忠誠。

這時候，戰爭以光榮的勝利畫下句點。我們的部隊從境外凱旋歸來。民眾爭先恐後迎接士兵們。奏起了行軍的樂章：《亨利四世萬歲》[2]、《提洛圓舞曲》[3]和《喬康德》的詠歎調[4]。身上掛滿十字勛章的軍官們，當年參加遠征時幾乎還都是少年，如今已經

---

[1] 阿爾特密西亞（Artemisia II of Caria）是西元前四世紀小亞細亞的卡里亞（現位在土耳其境內）的統治者摩索拉斯（Mausolus, 410?-353 BC）之妻，以守貞聞名，深陷喪偶哀痛的她為死去的丈夫營建一座雄偉的陵墓，曾被譽為世界七大奇蹟之一。——俄文版編注

[2] 原文用法文：「Vive Henri-Quatre」，此樂曲出自法國劇作家科勒（Charles Collé, 1709-1783）的喜劇《亨利四世出獵》（La Partie de chasse de Henri IV, 1764）。——俄文版編注

[3] 指帶有提洛（Tirol）地方民俗風格的圓舞曲。提洛位於歐洲中部阿爾卑斯山區，舊時屬奧匈帝國，第一次世界大戰後，南提洛劃歸義大利，北提洛屬於奧地利。

[4] 出自法國伊索阿（Nicolas Isouard, 1773-1818）的喜歌劇《探險家喬康德》（Joconde, Ou Les Coureurs D'aventures, 1814），此劇當年在俄軍攻占下的巴黎演出很受歡迎。——俄文版編注

在戰爭的煙硝中長大成人。士兵們彼此高興地交談，談話中不時夾雜幾個德文和法文單詞。無法忘懷的好時光！榮耀和狂喜的時光！聽到**祖國**這個字眼時，俄國人的心是多麼怦然激動啊！重逢的眼淚是多麼甜蜜啊！我們是如此上下齊心，將民眾的驕傲和對君主陛下的愛結合在一起！而對君主陛下來說，這是多麼美好的一刻啊！

女人，俄羅斯女人在那個時候真是無與倫比。她們平素慣有的冷漠消失了，當她們迎接勝利者凱旋歸來、高呼**萬歲**的時候，那副欣喜若狂的樣子真是讓人陶醉。

> **然後她們把帽子扔到空中。**[5]

當時的軍官誰會不承認，勝利最美好最珍貴的獎賞就是俄羅斯女人？……

---

[5] 這是俄國劇作家格里博耶多夫（A. S. Griboyedov, 1795-1829）將法國成語「把她的帽子往磨坊上丟」(Jeter son bonnet par-dessus les moulins，意指：女性不顧社會眼光去做放蕩的事）借用轉化在其喜劇《聰明誤》第二幕中：「女人高呼萬歲，然後把帽子扔到空中。」——該文本情境的言外之意是：女人欣喜的不只是愛國情操，還有男女情愛。普希金引用前輩這兩句玩笑又嘲諷的台詞。——編注

在這光輝的時刻，瑪麗亞．加弗利洛芙娜和母親住在○○省，沒看到兩個首都[1]如何慶祝軍隊凱旋歸來。但是在縣城和鄉下，大家歡欣雀躍的程度，或許還更強烈一些。當軍官出現在這些地方時，對軍官來說簡直就是一場盛大的慶典，而軍官身旁那些愛穿燕尾服的鄉紳則相形失色。

我們已經說過，儘管瑪麗亞．加弗利洛芙娜相當冷漠，她的身邊依舊圍繞著追求者。但是等到負傷的騎兵上校布爾明出現在封閉她的城堡時，所有的追求者就該要退讓了。布爾明的胸前佩掛著聖喬治勛章，他那張臉一如當地富家小姐們所說的——**蒼白得令人感興趣**。他年紀大概二十六歲，回到自己的莊園休假。他的莊園就緊鄰著瑪麗亞．加弗利洛芙娜的鄉間別墅。瑪麗亞．加弗利洛芙娜特別注意到他。在布爾明的面前，她平常那副若有所思的神情，就越發明顯。我們不能說她在向他賣弄風情，但是注意到她言行舉止的詩人，一定會說：

[1] 指舊都莫斯科和當時的首都聖彼得堡。

如果這不是愛情，那是什麼呢？……[2]

事實上布爾明是一個相當迷人的年輕人。他擁有的剛好就是那種能取悅女士的機智：這種機智是溫文有禮且具有洞察力的，沒有任何野心，是一種能夠毫無顧忌發出嘲諷的機智。他和瑪麗亞．加弗利洛芙娜相處時的舉措既大方又自在；但是不管她說什麼或做什麼，他的心思和目光總是緊緊跟著她。他似乎是個性格沉穩謙遜的人，不過有傳聞指出，從前他曾經是個可怕的浪蕩子，但這些不會影響到瑪麗亞．加弗利洛芙娜對他的想法，她基本上和所有的年輕小姐一樣，對於那種玩鬧中流露出勇敢和熱情的性格，總是會欣然寬恕。

但除了這一切……（除了他的溫柔、愉悅的對話、令人感興趣的蒼白、包紮繃帶的手）這位年輕驃騎軍官的沉默，最能夠激起她的好奇心和想像。她無法不承認的一點是，對方很喜歡她；可能，聰明又閱歷豐富的他也已經注意到，她對他另眼看待：

[2] 原文用義大利文：「Se amor non è che dunque?...」，出自義大利詩人佩脫拉克（Francesco Petrarca, 1304-1374）的《十四行詩》（Sonetto）第八十八首。——俄文版編注

那是什麼原因導致她至今還沒看到他跪在自己的跟前，而且還沒聽到他的告白呢？什麼事情阻礙了他？是伴隨著真摯愛情而生的膽怯？還是眼高於頂的驕傲？或是公子哥兒獻殷勤的挑逗花招？這對她來說真是個謎。仔細思量後，她斷定膽怯是造成此種狀況的唯一原因，她決定用更多的關心來鼓勵他，另外視情況而定，甚至可以更溫柔一點。她設想了最難以預料的結局，且迫不及待地等著浪漫告白的時刻來臨。祕密，不論是哪一種，總是折磨女人的心。她的作戰計畫有了預期的成效：至少布爾明陷入了她所想的那種沉思，而他的黑眼珠總是那麼火熱地停留在瑪麗亞．加弗利洛芙娜身上，似乎，決定性的一刻已經很接近了。鄰近的村民開始談論婚禮，好像在談論一件已成定局的事情，而善良的普拉斯科維雅．彼得羅芙娜則對她的女兒終於為自己找到一個好對象而感到高興。

有一天，老夫人獨自坐在客廳裡玩著紙牌算命的時候，布爾明一走進房間就立刻問瑪麗亞．加弗利洛芙娜在什麼地方。「她在花園裡，」老夫人回答：「去找她吧，我會在這裡等你們。」布爾明走了出去，老夫人在胸前畫了個十字，心裡想：也許事情今天就能了結！

布爾明在池畔的柳樹下找到瑪麗亞．加弗利洛芙娜，穿著白色連衣裙的她手裡還拿著一本書，就像小說裡的女主角。寒暄問候的對話結束後，瑪麗亞．加弗利洛芙娜故意讓談話中斷，藉此加強雙方的侷促不安，能夠擺脫這種窘境的只有突然而堅定的告白。果然如此：感覺到自己身處困境之中的布爾明表示，長久以來一直在找機會向她吐露心事，他要求對方專心聽幾分鐘。瑪麗亞．加弗利洛芙娜合上書頁，垂下眼睛，表示默許。

「我愛您，」布爾明說，「我熱切地愛您……」（瑪麗亞．加弗利洛芙娜的臉紅了，頭也垂得更低了。）「我行事不謹慎，因為我放任自己陶醉在令人愉快的習慣，這天天見您、聆聽您的習慣……」（瑪麗亞．加弗利洛芙娜想起聖普勒的第一封信[1]。）「現在要反抗我的命運已經太遲了；從今以後，回想起您，想起您那可愛而無可比擬的容貌，將是我生命中的折磨和喜悅；但我現在還肩負著一件沉重的責任，我必須向您揭

[1] 聖普勒（Saint-Preux）是法國思想家盧梭（Jean-Jacques Rousseau, 1712-1778）的書信體小說《新愛洛伊絲》（Julie ou la Nouvelle Héloïse, 1761）中的男主角。——俄文版編注

露一件可怕的祕密，然後我倆之間將豎起一道無法跨越的障礙……」

「障礙永遠都存在，」瑪麗亞．加弗利洛芙娜表情生動地打斷對方：「我永遠不可能成為您的妻子。」

「我知道，」布爾明低聲回應她：「我知道您從前曾經愛過別人，但是死亡和三年的哀傷……善良又可愛的瑪麗亞．加弗利洛芙娜！請不要奪走我最後的一絲慰藉：那就是幻想著您可能同意讓我幸福，如果……您別說話，看在上帝的份上，別說話。您在折磨我。對，我知道，我覺得您應該是屬於我的，但——我是個最不幸的人……我已經結婚了！」

瑪麗亞．加弗利洛芙娜驚訝地看著他。

「我是個已婚的人，」布爾明繼續說，「我結婚已經第四年，而且我不知道我的妻子是誰、她在哪裡，我也不知道我以後是否會和她見到面！」

「您在說什麼？」瑪麗亞．加弗利洛芙娜驚叫，「這真是奇怪啊！請繼續說，我等一下再說……但是請繼續，拜託您。」

「那是一八一二年初，」布爾明說，「我急著趕到維爾拿[1]，我們的部隊駐紮在那裡。有一回我在深夜抵達一個驛站，我命令他們趕快把馬套好，誰知突然刮起了一陣驚人的暴風雪，驛站長和馬車夫都勸我等風雪過去再上路。我聽了他們的話，但是一種難以理解的不安戰勝了我；似乎，有什麼人在推著我。這時候風雪並未停息：我等不及，又命令他們套馬，然後就迎著暴風雪直駛而去。馬車夫忽然想到可以沿著河面走，如此便可為我們省下三里的路程。由於河岸都被雪蓋住，所以馬車夫錯過那個應該轉回到馬路的地方，結果我們跑到不熟悉的另一邊去。暴風雪的威力不減，我看到一點亮光，就命令馬車夫往那個方向去。我們到達一個小村莊，木造的教堂裡亮著燈，教堂的門是開著的，院子的圍牆外停著幾輛雪橇，幾個人在教堂前的台階上來回踱步。『這邊！這邊！』好幾個人的聲音叫喊著，我命令馬車夫駛近教堂。『饒了我吧！你在哪裡耽擱了？』某個人對我說。『新娘子昏倒了，神父不知道該怎麼辦；我們原本已經決定要回去了，趕快過來。』我一言不發地跳下雪橇，走進裡面微光閃動、點著

[1] 立陶宛首都維爾紐斯（Vilnius）在一九一八年以前的舊名。

兩三根蠟燭的教堂。一個女孩坐在教堂陰暗角落的長凳上，另一個女孩用威士忌幫她擦著按摩。『感謝上帝，』她說，『您總算趕到了，我們家小姐差點給您整死。』年老的神父走過來問我：『聽您的吩咐開始嗎？』——『開始吧，神父，開始吧。』我漫不經心地回答。大家扶起了女孩。我覺得她長得並不差……不能理解又不可原諒的輕佻啊……我和她並肩站在講經台前面，神父匆匆進行了儀式；三位男士和一名侍女扶著新娘子，大家都只顧著她。他們幫我們行了結婚禮。『互相親吻！』他們告訴我們。我的妻子把她蒼白的臉轉向我，而我正想要親吻她時……她大叫一聲：『唉，不是他！不是他！』——然後就昏倒了。證婚的人們驚恐的眼神頓時落到我身上。我轉過身去，毫不遲疑地走出教堂，跳進馬車大喊：『走！』」

「我的老天！」瑪麗亞．加弗利洛芙娜叫出聲來，「所以您不知道您那位蒼白的妻子後來發生了什麼事？」

「不知道，」布爾明回答，「我不知道那個村莊叫什麼名稱，不知道我在哪裡結婚的，也不記得當時是從哪個驛站出發的。那個時候我完全沒意識到我那該受譴責的惡作劇有多嚴重，所以離開教堂後我就睡著了，醒來時已經是第二天的中午，我們已經到了第三個驛站，當時跟隨我的那個僕人後來在途中死掉了，因此我就沒希望找到那個當初被我殘酷捉弄、如今卻狠狠報復了我的女孩。」

「我的老天！我的老天！」瑪麗亞．加弗利洛芙娜握住了他的手說：「所以那個人就是您！而您認不得我了？」

布爾明一下子臉色發白……然後撲倒在她的跟前……

普希金的〈棺材匠〉手稿，情節中的出殯隊伍。

棺材匠[1]

[1] 本篇小說主角的原型是普希金妻子岡察羅娃（Natalia N. Goncharova, 1812-1863）娘家附近的一位名叫阿德里揚的棺材匠。岡察羅娃娘家宅邸位在莫斯科市中心的大尼基塔街四十八—五十號，原來的建物如今已不復存在。小說中提到的耶穌升天教堂（церковь Вознесение）現稱大耶穌升天教堂，就在尼基塔城門旁邊，教堂的前身是首建於一六一九年的木造教堂，其後以石材擴建，一八一二年拿破崙攻陷莫斯科，教堂毀於戰火，戰後的重建工作直到一八四八年才完工；值得一提的是，一八三一年三月，當時三十二歲的普希金和十九歲的岡察羅娃就是在這座尚未重建完成的教堂內結婚。——俄文版編注與譯注

不是每天都看得見棺材
和那天地衰微的蒼蒼茫茫？

——傑爾札文[1]

[1] 傑爾札文（Gavril R. Derzhavin, 1743-1816），俄國詩人、俄國古典派文學代表人物、政治家，題詞取自其一七九四年的詩作〈瀑布〉。

棺材匠阿德里揚．普羅霍羅夫的最後一批家當已經都堆上靈柩車，一對瘦馬第四次從巴斯曼街[1]將板車拖到尼基塔街[2]，那裡就是棺材匠要搬過去的地方。鎖上店鋪，他在門板旁邊釘上「店面租售」的告示牌，然後就徒步走去新家。快到他那間黃色小房子之前——這間小房子很長一段時間勾動著他的想像力，最後終於被他用好一筆金額買了下來——年老的棺材匠很驚訝地發現，自己心裡沒有喜悅的感覺。跨過一道不熟悉的門檻後，阿德里揚．普羅霍羅夫發現自己這間新居裡面一片混亂。他想念起老舊的小房子，那裡在過去的十八年之間，始終以最嚴格的紀律管理；他開始罵自己的兩個女兒和女傭，斥責她們慢手慢腳，同時自己開始動手幫忙。很快一切就安頓好了：

[1] 巴斯曼街（現稱老巴斯曼街）位在莫斯科市中心克里姆林宮的東北方約六、七公里處。巴斯曼（Basman）是一種專供沙皇宮廷享用的白麵包，源起於十五世紀，由御用的高加索裔或韃靼裔麵包師父以小麥烘焙而成，每條麵包表皮上都飾有花紋，形狀像舊時韃靼人號令傳諭的令牌（Basma）；據傳該區因為烘焙此種麵包的師父聚居而得名。

[2] 尼基塔街（現稱大尼基塔街）位在克里姆林宮的西北方，該處的尼基塔城門是以克里姆林宮為中心的莫斯科舊城的十一個出入口之一；此處距離前述巴斯曼街約五、六公里。

有聖像的神龕、裝了餐具的櫥櫃、桌子、沙發椅和床都放在後面房間裡的各個角落；廚房裡和客廳裡放著主人製作的產品：不同尺寸、花色的各式棺木，當然還有櫃子，裡頭放著喪葬禮帽、斗篷式的喪服、火炬，大門上高高掛著招牌，畫著一個體格結實的邱比特，手裡倒拿著一根火炬[1]，並寫有幾行字：「一般棺木及上漆棺木販售、蒙布裝飾，兼營舊棺材出租、修理」。女孩們回到自己樓上的小房間。阿德里揚繞著室內走了一圈，在窗戶邊坐下，然後吩咐準備茶炊。

學問淵博的讀者知道，莎士比亞和華特．史考特都把自己作品裡的棺材匠描寫成歡樂又愛開玩笑的人[2]，那是為了用對比來加強我們的想像力。基於對真實性的尊重，我們不但不能追隨他們的例子，還必須承認，我們這位棺材匠的性格完全符合他這項陰暗沉悶的職業。阿德里揚．普羅霍羅夫總是神態憂鬱，一副若有所思的樣子。他會

[1] 西方有愛神倒拿火炬的寓意畫：邱比特是愛神，愛以火滋養火炬，而火炬不僅象徵愛，也象徵愛所帶來的生與死，愛神倒拿火炬對棺材店來說，便是象徵消逝的生命。——編注

[2] 指莎士比亞的《哈姆雷特》與華特．史考特（Walter Scott, 1771-1832）的小說《拉美莫爾的新娘》（1819）中的棺材匠形象。——俄文版編注

打破沉默通常只是為了數落自己的女兒——當他剛好看見她們閒來無事地看著窗外的行人時，或者是為了向那些發生不幸（偶爾也可能算是喜事）而要買他產品的人家漫天開價的時候。就這樣，阿德里揚坐在窗邊喝著第七杯茶，照自己的習慣沉浸在憂傷的思緒中。他想著一個星期之前一位退役旅長的出殯隊伍在城關口遇上的那場暴雨。好幾件喪服因此縮水，許多頂禮帽也受潮變形。他預見到不可避免的支出，因為他長久以來儲備的葬禮服飾都變得殘舊不堪了。他寄望能從年邁、富有的商人太太特留辛娜身上彌補損失，她處於瀕死狀態已經將近一年。但是特留辛娜等待死亡的地方是拉茲古萊[3]，普羅霍羅夫有點擔心，希望她的繼承人——儘管當初他們已經承諾——不會因為距離遠而懶得派人來通知他，也不會就近和那一帶的殯葬業者談這筆生意。

阿德里揚的這些念頭意外地被共濟會式三響敲門聲打斷。「誰啊？」棺材匠問。

---

[3] 拉茲古萊（Razgulyai）是莫斯科市的街區名稱，位於現在的老巴斯曼街和新巴斯曼街交叉路口附近，即文中棺材匠舊居所附近；拉茲古萊原本是該區一家開設於一七五七年的小酒館，原義為「消愁、解悶」，其後成為附近街區的通稱。

門打開了，一個一眼就可以認出是德國工匠[1]的人走進屋裡，他神情愉快地走近棺材匠。「請您原諒，親愛的鄰居，」他用那種我們到現在聽了都沒辦法忍住不發笑的俄語說，「請您原諒我來打擾了您……我希望儘早和您認識。我是鞋匠，我的名字是戈特利勃·舒爾茲，住在您的對街，就在您的窗戶對面的那間小房子裡。明天我要慶祝我的銀婚[2]，請您和您的女兒們到我那裡，像朋友一樣吃一頓飯。」棺材匠樂意地接受了邀請，並請鞋匠坐下來喝一杯茶；多虧戈特利勃·舒爾茲天生的開朗個性，他們很快就友善地交談起來。

「您的生意怎麼樣？」阿德里揚問。

「唉呀呀，」舒爾茲回答，「普普通通啦。沒什麼好抱怨的。不過，當然，我的貨品和您的不同：活人沒有雙靴子還過得下去，死人沒有棺材可就過不去了。」

「完全正確，」阿德里揚表示，「不過呢，如果活人怎樣都買不起一雙靴子，那

---

[1] 俄國女皇葉卡捷琳娜二世在一七六二年即位後，致力推動「開明專制」，並下旨邀請具備專業技能的德裔人士移居俄國。

[2] 結婚二十五週年紀念。

你可別怨他走路打赤腳；但窮透了的死人，不花錢就可以幫自己弄到一副棺材。」

他們的談話就這樣持續了若干時間，最後鞋匠起身和棺材匠道別，同時不忘再次提起自己的邀請。

第二天，十二點整的時候，棺材匠和他的女兒們從新家的小門走出來，動身到鄰居那裡去。本人打算違反時下小說家在這種情況下的慣用手法，我不去描寫阿德里揚．普羅霍羅夫的俄式長袍，也不費筆墨形容阿庫琳娜和達莉雅的歐式服裝。但是我認為，提到兩位少女都戴著黃色的女帽、穿著紅色的皮鞋應該不算多餘，她們只有在節慶的場合才會這樣打扮。

鞋匠擁擠的小公寓裡滿滿都是客人，多數是德國工匠，帶著他們的妻子和學徒。俄國官員之中有一位崗哨警衛，楚赫納人[3]尤爾科，很懂得博取主人的好感，儘管他身分低微。二十五年來，他忠誠地在這個工作崗位上執勤，就像波戈列利斯基筆下的郵

[3] 楚赫納人是俄國人對芬蘭人的蔑稱。芬蘭當時屬於俄國，一九一七年始獨立。

差[1]。一八一二年的火災，毀了舊都，也燒掉了他的黃色小崗亭。但是現在，趕走敵人後，在黃色小崗亭的原址出現了新的、帶點灰色的、同時還有著白色多立克柱式的小崗亭，尤爾科再度**手執長斧、身披粗呢甲**[2]在崗亭附近來回巡視。居住在尼基塔城門附近的大多數德國人都認得他，其中某些人，在星期天的晚上，甚至經常在尤爾科那裡過夜。阿德里揚立刻上前和尤爾科認識，好像是和那些遲早都會需要他的人那樣，而等到客人們就座時，他們便坐在一起。舒爾茲先生、舒爾茲太太還有他們的女兒——十七歲的洛婷——和客人們一起用餐，並幫忙廚娘送菜上桌。啤酒接連滿上。尤爾科一個人吃了四人份的食物，阿德里揚也不輸給他，倒是他的女兒們客氣得不太自然；用德語進行的談話越來越吵鬧。主人突然請大家注意，拔開瓶塞，大聲地用俄語說：「為

[1] 此為小說《拉費爾托沃的罌粟籽烤餅女販》（1825）中的人物，作者波戈列利斯基（Antony Pogorelsky）是佩羅夫斯基（Alexy A. Perovsky, 1787-1836）的筆名，他的（霍夫曼式）幻想小說對俄國文壇有很大影響；普希金在一八二五年三月二十七日給弟弟列夫的信中曾高度評價這篇小說：「我一口氣讀完整篇小說，讀了兩遍，現在還對故事中的人物念念不忘。」——編注

[2] 此句出自伊茲邁洛夫（A. Izmailov, 1779-1831）的童話《傻姑娘帕霍莫芙娜》。——俄文版編注

我善良的露易莎喝一杯！」氣泡酒冒出了泡泡來。主人溫柔地親吻他四十歲伴侶的紅潤臉龐，客人喧鬧地為善良的露易莎的健康舉杯。「祝我親愛的客人健康！」主人高呼，同時打開第二瓶酒——客人們向他致謝，喝乾了杯中的酒。就這樣開始一個接一個的祝賀：大家輪流為每一位客人的健康舉杯，為莫斯科和整整一打的日耳曼城市舉杯，為全體手工藝行業，尤其為每一個業者舉杯，為所有的工匠和學徒乾杯。阿德里揚痛快地喝，喝得興致高昂，甚至還說了個玩笑性質的祝酒詞。突然有一位客人——肥胖的麵包師——舉起酒杯高喊：「為我們服務的對象，為我們的顧客[3]喝一杯！」這個提議，就和所有提議一樣，被大家高興而無異議地接受。客人們開始彼此鞠躬致意，裁縫向鞋匠致意，鞋匠向裁縫回禮，麵包師向他們兩位致敬，所有人都向麵包師敬禮，如此這般。身處在彼此往來鞠躬之間的尤爾科，轉向自己的鄰座，叫著：「怎麼樣？老兄，要不要為你那些死人的健康喝一杯？」大家都笑了，但棺材匠認為自己受到羞

[3] 原文用德文「unserer Kundleute!」。

辱，臉色一沉。沒人注意到這件事，客人們繼續喝酒，直到教堂敲鐘進行晚禱[1]的時候，他們才從桌邊站起來。

客人們很晚才離開，大多數的人都喝醉了。肥胖的麵包師，還有書籍裝訂工——這人的臉像是紅色羊皮書的封面[2]——他們倆扶著尤爾科的胳膊，帶他回到崗亭，此時讓人想起一句俄國諺語：有借有還很美好[3]。棺材匠醉醺醺地回到家裡，很生氣。「這算什麼，其實，」他大發議論：「我這門手藝哪裡比別人不實在？難道棺材匠是劊子手的兄弟？這幫異教徒[4]嘲笑個什麼？難道棺材匠是聖誕節慶時候的小丑？我原本想叫他們來參加新居宴會，請他們吃一頓豐盛的筵席——不會有這種事了！我就要請那些

[1] 東正教的晚禱通常在傍晚日落時分，但會依情況有所調整。——編注

[2] 此句話不精確地引用自俄國劇作家克尼亞日寧（Y. Knyazhnin, 1740-1791）的喜劇《愛吹牛的人》。——俄文版編注

[3] 俄國諺語：「долг платежом красен」，字面意義為：會還錢的債很美好。——編注

[4] 異教徒是罵人的話，原本指伊斯蘭教徒，德國工匠多半是基督教新教徒或天主教徒，與俄國的東正教徒不同。——編注

我服務的對象：信奉東正教的死人。」

「你怎麼了，老爺？」這時正在幫他脫靴子的女傭說：「你在胡說八道些什麼？快畫十字吧！叫亡者來參加新居宴會！多可怕啊！」

「說真的，我會叫，」阿德里揚繼續說：「就是明天。歡迎，我的恩人們，明天晚上到我這裡來大吃大喝，我招待大家，不論什麼東西都盡情享用。」說完這句話，棺材匠就爬上床，而且很快發出鼾聲。

阿德里揚被叫醒的時候，院子裡還是一片漆黑。商人太太特留辛娜就在這晚過世了。她的管家派來的信差騎馬奔馳來通知阿德里揚這個消息。棺材匠為此賞了信差十戈比銀幣買伏特加喝。然後他匆忙穿了衣服，帶了車夫，趕往拉茲古萊。喪家府邸的門口已經站了警察，還有一些來回走動的商人，他們就像一群嗅到死屍味的烏鴉。死者躺在一張桌子上，膚色像蠟一樣黃，但是容貌尚未因腐朽而毀損。親戚、鄰居，還有家人都緊挨在她身旁。所有的窗戶敞開，屋內點了蠟燭，幾個神職人員在念誦禱詞。阿德里揚走向特留辛娜的姪子——一個打扮入時、穿著常禮服的年輕商人，向他表示棺木、香燭、蓋棺布和其他各項喪禮用品都已經準備妥當，立刻會送過來。繼承人心不在焉地感謝他，表示自己不會在價錢上面計較，完全可以信賴他的良心。棺材匠依照自己的習慣，發誓說他不會多收分毫；他同時和管家交換了一個意味深長的眼色，就去忙了。一整天棺材匠在拉茲古萊和尼基塔城門兩處往來奔波；快到傍晚時，所有事情都安排妥當，才讓車夫離開，自己徒步走回家。那是個有月亮的夜晚，棺材匠順利抵達尼基塔城門。在耶穌升天教堂附近，我們所熟悉的尤爾科叫住了他，認出來人是棺材匠，尤爾科向他道了晚安。已經很晚了，棺材匠快要到他的小屋時，忽然覺得有人往他家門前走去，這個人打開小門，隨即消失在門後。「這會是怎麼回事？」阿德里揚心裡想：「還有誰又需要找我呢？該不會是小偷溜進我家吧？還是來找我那些傻姑娘的情人？恐怕是！」棺材匠正想要呼叫自己的朋友尤爾科來幫忙，就在這時候，又有一個人走近小門並打算進屋子裡，不過，一看到跑過來的主人，他便停下腳步，摘下三角形的帽子。阿德里揚似乎認得他的面孔，但倉促間他來不及好好看清這個人是誰。「您大駕光臨，」阿德里揚喘著氣說，「請先進屋，您先請進。」「別客氣，老兄，」那人低聲回答，「你先走，幫客人帶路。」阿德里揚也無暇客套了。小門原本就打開了，他走上階梯，那人跟在他後面。阿德里揚覺得，他的屋子裡有很多人在裡面走動。「搞什麼鬼！」他心裡想，同時加快腳步進了屋子……這下子他一陣腿軟。房間裡滿滿都是死人。月光透過窗戶照著他們青黃色的臉，深陷的嘴、混濁半閉的眼珠和外凸的鼻子……阿德里揚驚懼萬分，認出這些人正是由他費心安葬的；而和他一起走進來的客人，就是在暴雨當天下葬的那位旅長。所有的客人，女士們和先生們，都圍繞著棺材匠鞠躬、問候，除了一位不久前免費埋葬的窮人，他因為不好意思，對身上的破衣服自覺慚愧，沒有靠上來，而是謙遜地站在角落。其他人都穿著體面，女性亡者都戴著包髮帽和緞帶，有官銜的男性死者穿著制服，但是臉上留著沒刮乾淨的鬍鬚；經商的死者則都穿著節日專用的束腰式長外衣。「你看到了嗎？普羅霍羅夫，」旅長代表這一群可敬人士發言，「我們都因為你的邀請爬起來，留在家裡的只有那些無法行動、完全解體的，他們的皮都爛光了，只剩下骨頭；不過還是有一位忍不住，他實在太想到你這裡來了……」就在這個時候，一個小小的骷髏架子擠身穿過人群，走向阿德里揚。他那顆骷髏頭對著棺材匠親切地微笑。一片片淺綠色、紅色的呢絨布，還有破舊的粗麻布掛在他身上一些地方，好像掛在桿子上似的。而那根在高筒皮靴裡搖晃抖動的腿骨，好像石臼裡的木杵。「你認不得我了，普羅霍羅夫，」骷髏說，「記不記得退伍的近衛軍士官彼得．彼得羅維奇．庫里爾金？就是那個你在一七九九年賣出第一副棺木的客戶，而且還是把松木棺材當做橡木棺材來賣[1]。」說這句話的同時，骷髏將一身骨骼伸向他要擁抱。但是阿德里揚鼓足了勁大叫並猛推對方一把。彼得．彼得羅維奇的身體一歪，跌倒並且全身骨架散落一地。亡者之間響起了一陣憤怒的怨言，所有人為了維護自己同伴的尊嚴，嘴裡連罵帶威脅，擠向阿德里揚。而可憐的主人，被他們的大叫聲震聾，差點被壓死，慌了手腳的他，自己摔倒在退役近衛軍士官的骨骸上，然後就失去了知覺。

太陽早早就已經照射到棺材匠睡的床鋪，他終於打開眼睛，看到面前正在生旺茶炊爐火的女傭。阿德里揚驚魂未定地想起了昨晚發生的一切，特留辛娜、旅長和士官庫里爾金模糊地浮現在他的腦海裡。他靜靜等著女傭開始和他的談話，等她說昨天那件怪事的結果。

「你真能睡啊，老爺，阿德里揚．普羅霍羅維奇，」阿克辛妮雅說著，一邊遞了

[1] 橡木比松木堅實，價格也較貴；這裡暗指棺材匠有欺騙客戶之嫌。——編注

長袍給他，「鄰居裁縫來找你，還有，這裡的崗哨警衛跑來通知，說今天是他的命名日[2]，但你還想睡，我們也不想叫醒你。」

「那過世的特留辛娜家裡有沒有人來找我呢？」

「過世的？難道她死了？」

「這個笨女人！難道昨天不是妳幫我安排她的葬禮嗎？」

「你怎麼了，老爺，該不是瘋了吧，不然就是昨天的酒醉還沒醒？昨天哪裡有什麼葬禮？你一整天在德國人家裡吃喝，醉著回家，躺到床上就睡到現在，日禱[3]的鐘都已經敲過了。」

「是這樣的嗎！」心情愉快了起來的棺材匠說。

「當然是這樣。」女傭回答。

---

[2] 命名日（именины），東正教在新生兒受洗時參考當天的聖徒紀念日為新生兒取名，父母或親屬按教會日曆上的聖徒名錄挑選合意的名字，之後每年這位聖徒的紀念日就是該新生兒的命名日。有別於出生之日是肉體的生日，命名日對俄國東正教徒來說可以說是心靈的生日。——編注

[3] 東正教堂在日禱之前會敲鐘知會信徒，日禱儀式大致從上午九點進行至中午前完成。——譯注與編注

「嗯，這樣的話，那就趕快送茶上來，叫女兒們過來。」

普希金的〈棺材匠〉手稿，情節中的喝茶。

驛站長[1]

[1] 本篇小說與卡爾戈夫（V. I. Karlgof, 1799-1841）的同名小說《驛站長》（1827）和布爾加林（F. V. Bulgarin, 1789-1859）的隨筆《彼得堡大道上一位驛站長的祕密筆記片段》（1831），在篇名、故事開場和驛站長的人物描寫方面都有彼此呼應之處。——編注

部會小書記[1]，
驛站獨裁者。

——維亞澤姆斯基公爵[2]

[1] 原文用俄文「коллежский регистратор」，直譯為：部會書記，這是俄國彼得大帝所建的一套政府文官等級體制中的最低階級——十四等文官，負責文書抄錄等細務；負責管理驛站的驛站長即為此等級。——譯注與編注

[2] 題詞係普希金改寫自維亞澤姆斯基一八二五年的詩作〈驛站〉。——俄文版編注

誰沒有咒罵過驛站長？誰沒有和他們互相爭吵過呢？在盛怒之際，誰不會要他們把那本要命的簿子拿出來，只為了在其中寫下毫無用處的申訴，抱怨自己受到的欺壓、粗魯對待和怠慢？誰不把他們當成人模人樣的惡棍，像那種現今已不復存在的小官僚[1]，或起碼像穆羅姆[2]的強盜一樣壞？不過，平心而論，如果我們試著走進他們的處境，或許，我們會用一種更為寬容的態度來評判他們。驛站長究竟是怎麼樣的人呢？第十四等文官是真正的苦命人，這個官職只能讓自己免遭毆打，而且還不是每次都有效（我的讀者摸摸自己的良心）。被維亞澤姆斯基公爵戲謔地稱為獨裁者的這些人，肩負如此沉重的責任，難道還不算是一種苦刑？白天、夜晚都不得安寧。旅客在顛簸

[1] 此處的小官僚（подьячий）是俄國十六至十八世紀在官府裡輔佐主官的基層官員，通常負責文書抄錄等細務，俄國有俗諺：「小官僚愛收禮。」（Подьячий -- любит принос горячий.）「小官僚」這個詞演變成一種負面的象徵——官僚主義、貪汙收賄、因循怠惰。——編注

[2] 穆羅姆（Murom）位在莫斯科東方約三百公里處的奧卡河左岸，一支名為穆羅瑪的民族於西元九至十二世紀聚居該地，因而得名。據說從前此地密布森林，適合強盜藏身其中，因此有「可怕的穆羅姆森林」、「穆羅姆的強盜」等說法。——譯注與編注

不平的旅程中累積的所有不愉快，全數發洩到驛站長身上。令人難受的天氣、惡劣的路況、冥頑不靈的車夫、不聽話的馬匹——這全部都是驛站長的錯。走進他簡陋住處的趕路客人，看他的眼神好像是看敵人一般。如果他能夠很快送走登門的不速之客，這還算幸運；但是，如果剛好沒有馬匹呢？……天啊！劈頭而來的會是什麼樣的咒罵、什麼樣的恫嚇！下雨的時候，被迫在庭院中的爛泥裡跑來跑去；刮起暴風的時候，在一月的酷寒時節，他必須跑到門外，只為了暫時躲避被激怒的房客所發出的吼叫和推擠衝突。將軍來了，發抖的驛站長奉上僅存的最後兩輛驛車，其中一輛是公家信差快車。將軍上路了，甚至沒有對他說聲謝謝。過了五分鐘，鈴聲響起！……隨即來了一位機要信使將驛馬使用證丟在他的桌上！……仔細深入體會這些，原本在我們心裡的憤怒會被衷心的同情所取代。還有幾句話：我在連續二十年之間，跑遍了俄國南北各地，幾乎所有的驛馬道我都知道，老老少少的車夫我也都認識，很少有驛站長的臉是我沒見過的，很少有我沒打過交道的驛站長。我希望能在近期內將累積多年有趣的旅途觀察結果集結成書，目前就來先談談驛站長這個階層留給大家最明顯的錯誤印象。這些被百般詆毀的驛站長，其實根本是一群善良的人，他們天生就熱心助人，喜歡社會生活，不太追求榮譽也不太貪財。從他們的閒談之中（這些閒談被過路的老爺們認為是上不了檯面的）可以得知很多有趣和可供借鏡的事情。至於我個人呢，我承認，我喜歡他們的閒聊，勝過某些因公出差的六等文官的言談。

不難猜出，我有一些朋友出身自可敬的驛站長階層。事實上，我對其中一位的回憶相當珍惜。當時的情況拉近了我們倆的關係，我現在就打算跟親愛的讀者們談談這個人。

那是在一八一六年，五月的時候，我在機緣巧合之下，沿著一條如今已荒廢的驛馬道，乘車經過了〇〇省。當時我的官階還很低，我搭驛站馬車，都只付兩匹馬的費用[1]。也因為這樣，一路上的驛站長都對我不太客氣，我常要費一番功夫才得到自認為該有的權利。那時的我既年輕又暴躁，當驛站長把原本準備給我的三匹馬套到官職顯赫的貴族馬車上時，我對這種人的卑劣和懦弱氣憤不已。同樣讓我很長一段時間無法

[1] 驛站馬車（перекладные）是當時俄國驛站的普通車，每到一個驛站就要換馬、換車，對旅人極不便；車資是按里程和馬匹數量計費，通常快車、長途車由三匹馬拉。——編注

習慣的是，有一個愛挑剔的奴才在省長的宴席漏上了我的菜[1]。如今不論前者還是後者，對我來說都是再自然不過的事情。其實，如果把大家習慣的**依官位定尊卑**規則替換成另一種，例如**依才智定尊卑**，那會對我們產生什麼樣的影響呢？那會產生多少爭執啊！上菜的時候，僕役該從誰先開始服務呢？還是回到我的故事吧。

那天很熱，在〇〇驛站三里外的地方開始飄雨，過沒多久，下起一陣暴雨讓我全身溼透。抵達驛站後，首先要操心的是趕快換衣服，再來就是叫人送茶來。

「喂，杜妮雅！」驛站長喊了一聲，「把茶炊的水燒好，然後去拿鮮奶油。」話聲未落，一個大約十四歲的女孩從裡面的隔間走出來，並立刻跑去門廳。她的美令人驚豔。

「這是你的女兒？」我問驛站長。

「是啊。」驛站長帶著一種相當自滿的表情回答，「她是這麼懂事，這麼伶俐，

---

[1] 普希金曾於一八二九年在提弗利斯受邀參加省長史特列卡洛夫將軍（Stepan S. Strekalov, 1782-1856）的宴席，留下類似的不愉快經驗，故意藉此處抒發心中的感受。

完全像她死去的媽媽。」這時候他開始抄錄我的驛馬使用證，我則仔細看起了這間簡陋卻整潔的住處牆上裝飾的幾幅畫。這些畫作描述的是聖經裡「浪子回頭」的故事：第一幅畫裡是戴著圓帽、穿著長袍的老頭讓令人操心的年輕人離家，年輕人匆忙接受父親的祝福和一個裝錢的袋子。第二幅畫則是用鮮明的線條描繪了年輕人墮落的生活：他坐在桌邊，身旁圍滿了壞朋友和不知羞恥的女人們。下一幅則是穿著破衣、頭戴三角帽、揮霍殆盡的年輕人一邊放牧豬隻，一邊吃著豬的飼料，他的臉上刻畫著深深的憂愁和懊悔。最後一幅描繪著年輕人回到父親身邊，善良的老人穿著同樣的圓帽和長袍，跑出來迎接兒子；迷途的浪子跪著，畫的背景是廚師正準備宰殺一頭小肥牛，而長子則在一旁向僕人探聽為什麼要大肆慶祝。我在每一幅畫的下面都看到一段相應的德文詩句。這些東西直到現在都還保存在我的記憶中，其他還有插了鳳仙花的瓦罐、掛著色彩繽紛布幔的床，以及當時我身旁周遭的東西。我現在還能看到主人的樣子，好像就在眼前一樣，他是個五十多歲的男子，生氣勃勃、精力充沛，我也記得他穿的那件綠色長袍，褪了色的綬帶上掛了三個勛章。

杜妮雅捧著茶炊回到屋內時，我還來不及把工錢付給我的老車夫。這個擺弄風情的小女孩在第二眼就看出了我對她有感覺，她垂下了大大的藍色眼睛；我開始和她閒聊起來，她回答我的時候不帶任何羞怯，就像一個見過世面的女孩子。我請她的父親喝一杯潘趣酒，遞給杜妮雅一杯茶，我們三個人就開始聊天，好像我們已經認識了好久好久。

馬匹早已經準備好了，但我根本一點也不想和驛站長還有他的女兒道別。最後我和他們互道珍重；父親祝我旅途平安，而女兒送我到馬車旁，我在屋子的門廳處停下來，並且請她允許我吻她一下；杜妮雅同意了……

從我吻她的那一刻起，

我可以數得出我有過很多次的親吻，可是沒有一個吻能夠讓我留下如此長久而愉悅的回憶。

過了幾年，機緣巧合，我又踏上同一條驛馬道，前往同樣的那些地方。我想起了老驛站長的女兒，一想到可以再見到她就覺得高興。不過，我接著又想，年老的驛站長或許已經被換掉了，杜妮雅也可能已經嫁人。其中一位或另一位已死的想法也不時浮現在我心中，我就這樣帶著哀愁的預感抵達了〇〇驛站。

馬匹在驛站小屋前停了下來。走進屋裡，我立刻認出那些描繪迷途浪子的掛畫，桌子和床都放在從前的位置，但是窗台上已經沒有花，四周顯現出陳舊和無人照料打理的樣子。驛站長蓋著皮襖在睡覺，我的到來吵醒了他，他從座位站起身……這確實就是薩姆松．維林，但是他怎麼變得這麼老！當他打算開始抄錄我的驛馬使用證時，我看著他的白髮和久未刮鬍子的臉上那一道道深深的皺紋、還有駝了的背，我不禁訝異，怎麼三、四年的時間可以把一個生氣勃勃的男人變成衰弱的老頭子。

「你認得我嗎？」我問他，「我們以前認識。」

「有可能。」他憂愁地回答，「這條路很大，很多旅客都在我這裡停留。」

「你的杜妮雅還好嗎？」我繼續問。

老頭的臉色一沉。「只有老天知道。」他回答。

「這麼看來，她嫁人了？」我說。

老頭假裝沒有聽到我的問題，繼續小聲地讀著我的證明文件。我停止發問，要他送上茶來。好奇心開始讓我坐立不安，而我希望潘趣酒能讓我的老朋友開口說話。

我沒弄錯：老頭沒拒絕免費的那杯酒。我注意到，蘭姆酒減緩了他的憂愁。他在喝第二杯的時候話多了起來；他記起了我，或者像是假裝記起了我。而我從他那裡得知了這段當時我深受吸引且感動的故事。

「所以說，您知道我的杜妮雅？」他開始說，「誰不知道她呢？啊，杜妮雅，杜妮雅！她曾經是個多麼好的女孩呀！從前，凡是經過的人，沒有一個不稱讚她，從來沒有人會責備她。貴婦人賞她禮物，這個給她小絲巾，那個送她耳環。經過的先生們故意留下來，好像想要吃午飯或晚飯，其實只想多看她幾眼。經常有這樣的事，不論多麼生氣的老爺，在她面前就能平息怒火，客氣地和我談話。先生您信不信，不論信差或是機要信使都會和她多聊上半個小時。家裡的一切都由她照管，什麼該收拾、什麼該準備，她總是有條有理。而我呢，一個老傻瓜，怎麼看她都看不夠，總是開心得不得了。難道我不愛我的杜妮雅，不疼我的子女？難道我沒有給她好日子過嗎？確實沒有，你沒有向上帝祈求讓她免於苦難；命中注定的事，躲也躲不開。」

這時他開始向我細述他的悲苦。三年前，有一次在一個冬天的晚上，正當驛站長在新的簿子上畫出格線，而他的女兒在隔間後面幫自己縫衣服的時候，來了一輛三頭馬車，過路的客人戴著一頂切爾克斯[1]式皮帽，身穿軍大衣，圍著披肩，走進屋來要換馬匹。但是所有的馬都派出去了。聽到這個消息，趕路的旅客把嗓音提高並把馬鞭揚起。但是早已習慣這種場合的杜妮雅從隔間裡面跑出來，溫柔地詢問旅客，想不想吃一些東西？杜妮雅的出現，一如往常產生了效果。來客的火氣消退於無形，並同意等待馬匹，還要求幫他準備晚餐。他摘下沾溼的、毛茸茸的帽子，解開披肩，用力脫下身上的大衣之後，出現的是一個年輕、體格健美、蓄著黑色短髭的驃騎兵軍官。年輕軍官在驛站長旁邊坐了下來，開始和驛站長以及他的女兒愉快地攀談。晚餐送了上來，這時候馬匹回來了，驛站長命人先別餵馬，並立刻將馬匹套上來客的帶篷馬車。但是，當他回到屋裡時，發現年輕人幾乎不省人事地躺在長板凳上：他很不舒服，頭痛欲裂，無法上路……還能怎麼辦！驛站長把自己的床讓給他，並且打算，如果病人的情況沒有好轉，第二天早上就派人到C地去找醫生。

[1] 切爾克斯是居住在高加索山區的少數民族，以民風強悍著稱，以放牧狩獵為生。

第二天驃騎軍官的狀況變得更糟了。他的隨從騎馬進城找醫生。杜妮雅用沾了醋的方巾包裹他的頭，然後帶著自己的針線活坐在他的床邊。病人當著驛站長的面前不斷呻吟，幾乎沒說一句話，但是他喝了兩杯咖啡，就半哼著要人幫他送午餐來。杜妮雅一刻也不離開他。他不時要水喝，然後杜妮雅就遞上一大杯由她準備的檸檬水給他。病人稍微沾唇後，每一次在還回杯子時，總不忘用自己的手按一下小杜妮雅的手以示感謝。將近午餐的時候，醫生趕來了。醫生按了按病人的脈搏，用德語和他交談了幾句，然後用俄語宣布：病人需要靜養一下，大概過個兩天他就可以出發上路。驃騎軍官賞給醫生二十五盧布當作出診金，並邀請他一同午餐，醫生同意了；兩個人放開脾胃吃了一頓，喝光了一瓶葡萄酒，並且在分手道別時對彼此都感到非常滿意。

又過了一天，驃騎軍官完全恢復健康，他非常愉快，不停地和杜妮雅還有驛站長開著玩笑；他吹口哨哼著歌，和過路的旅客閒談，把他們的驛馬使用證文號登記到驛站工作誌裡，他是如此討人喜歡，以致於在第三天早晨，當善良的驛站長必須和這位親切的房客道別時，不禁覺得依依不捨。那一天是星期天，杜妮雅準備去參加午前的日禱。驃騎軍官的帶篷馬車備妥了。他和驛站長道別，慷慨地賞了食宿費用給他；然後他也和杜妮雅道別，並且自告奮勇表示願意載她前往位在村落邊緣的教堂。杜妮雅有點猶豫不決……「妳怕什麼？」父親告訴她，「要知道軍官大人不是狼，不會把妳吃掉；搭車到教堂去轉轉吧。」杜妮雅上了馬車，坐在驃騎軍官旁邊，僕人跳上車夫旁邊的位子，車夫呼嘯一聲使勁揮鞭，馬兒便邁步向前。

可憐的驛站長無法理解，他怎麼會允許自己讓杜妮雅和驃騎軍官一起上車？他為什麼會突然瞎了眼？還有他當時的理智出了什麼問題？還沒過半個小時，他的心開始又疼又痛，接著，不安的感覺襲上了他整個人，程度嚴重到讓他無法忍受而親自前往日禱。走近教堂，他看到人們已經四散離去，但是教堂的圍牆院子裡和入口的台階上都沒有杜妮雅的身影。他急忙走進教堂：神父正從祭壇上走下來，誦經士正在熄蠟燭，兩個老太婆還在角落祈禱，但是杜妮雅不在教堂裡。可憐的驛站長好不容易下定決心去問誦經士，問杜妮雅有沒有來參加日禱，然而誦經士回說她沒來。驛站長失魂落魄地回到家裡。他只剩下一個希望：或許，杜妮雅因為年輕率性而突發奇想，搭著馬車到了下一個驛站，她的受洗教母就住在那裡。在折磨人的痛苦中，他等著那三頭馬車回來，就是他放她坐上的那輛馬車。不過車夫一直沒有隨車回來。將近傍晚，車夫終於回來了，他是醉醺醺一個人回來的，並帶來了致命的壞消息：「杜妮雅隨著驃騎軍官從那個驛站繼續前行。」

老頭無法承受這樣的不幸，他立刻病倒在前一天晚上年輕騙子躺過的同一張床上。驛站長回想著所有的細節，他漸漸了解到，年輕人的病是裝出來的。這個可憐人發燒得很厲害，他被送到C地，上面派了一個人來暫代他的職位。幫他看病的正是那個跑來探視驃騎軍官的同一位醫生。醫生向驛站長保證，年輕人當時完全健康，醫生自己也猜到年輕人的壞念頭，不過他沒多說話，因為害怕對方的鞭子。不知道這個德國人說的是真話或是只想誇耀自己的先見之明，不過他的這些話一點也不能安慰可憐的病人。一等到病好，驛站長向C地的郵政支局長請了兩個月的假，完全沒把自己的打算告訴任何人，就徒步上路去找自己的女兒。他從驛馬使用證的紀錄得知，騎兵大尉明斯基從斯摩棱斯克往彼得堡去了。載他的車夫說，杜妮雅一路上不停哭泣，雖然她好像是自願去的。「或許，」驛站長心想：「我可以把我的迷途羔羊引導回家。」他懷著這樣的想法抵達彼得堡，落腳在伊茲邁洛沃兵團[1]的駐地，住在一個退役士官家裡，這是他以前服役時的老同袍，然後他就開始了他的尋訪行動。他很快打聽出，騎兵大尉明斯基人在彼得堡，住在杰姆特旅館[2]裡。驛站長決定上門求見。

他一大清早抵達旅館的前廳，請求稟告軍官大人，說有一位老兵求見。正在擦拭套在鞋楦上的馬靴的隨軍僕役稱，老爺正在安寢，十一點之前他不會接見任何人。驛站長離開之後，在指定的時間回到旅館。穿著袍子、頭戴紅色圓帽的明斯基向他走來。

「老兄，你有什麼事？」他問驛站長。

老人的心一陣翻騰，眼淚湧上眼眶，他用顫抖的聲音只能說出：「官爺大人！……行行好吧！……」

---

[1] 指伊茲邁洛沃近衛軍兵團，俄羅斯帝國的第三支近衛軍步兵團，一七三〇年於莫斯科的伊茲邁洛沃村（Izmaylovo）成軍，因而得名，隔年開始逐漸移調至聖彼得堡的噴泉河中下游左岸駐防。——編注

[2] 十八世紀下半葉由法國商人杰姆特（Philip Jacob Demouth, 1750-1802）設立，位於聖彼得堡市中心的莫伊卡濱河街四十號／大馬廄街二十七號，是當時非常著名的一流旅館，往來名人無數，普希金亦多次在此停宿。——編注

明斯基很快看了他一眼，紅著臉，拉了他的手，把他帶到書房裡，並且鎖上身後的房門。

「官爺大人！」老人繼續說，「雖說丟失的東西不復得，但至少把我可憐的杜妮雅還給我吧！您也玩夠她了，可不要平白把她毀掉。」

「已經做了的事情，就挽回不了。」年輕人驚慌失措地說，「我在你面前認錯，並且願意請求你原諒，但你別以為我可以放棄杜妮雅：我向你保證，她會幸福的。我為什麼要把她還給你？她愛我，也放棄了自己過去的生活。不論是你或是她，你們都不會忘記發生過的那些事。」之後，他打開了門，塞了個東西到驛站長的袖子裡，而驛站長不記得自己是怎麼出來到了街上。

他動也不動地站了好長一段時間，最後他看到自己袖子的翻摺口裡露出一卷紙；他掏出紙卷攤平，一些發皺的五盧布和十盧布紙鈔。眼淚再度湧上他的眼眶，悲憤的眼淚！他把紙鈔揉成一團，往地上一丟，用鞋後跟踩踏一番，然後就走了⋯⋯走開了幾步，他停了下來，想著⋯⋯然後掉頭回去⋯⋯但是那些鈔票已經不在原來的地方。一位穿著體面的年輕人，看到他便跑向路旁的出租馬車，迅速坐上車然後大喊：「快走！」驛站長沒有追上去。他決定啟程返回他的驛站，但是在此之前，他想要再看看那可憐的杜妮雅，哪怕看一眼也好。為此，他在兩天之後又來到明斯基的住處，但是隨軍僕役冷冷地告訴他，老爺誰也不接見，並且用胸膛將他頂出前廳，然後把房門在他鼻子前砰一聲關上。驛站長站了一會又一會，最後還是走了。

就在同一天的晚上，在「眾哀傷者」[1]那裡做完禱告之後，他沿著鑄造廠街[2]走。突然有一輛漂亮的輕便馬車從他面前疾馳而過，驛站長認出了車上的明斯基。輕便馬車停在一棟三層樓的建築物前，就在大門的入口處，驃騎軍官跑上屋前台階。驛站長的腦中閃過一個念頭——好運氣。他轉身走到馬車夫身旁。「老兄，這是誰的馬？」他問，「是不是明斯基的？」

「沒錯，」車夫回答，「你有什麼事？」

---

[1] 指《眾哀傷者之喜樂》聖母像教堂（Церковь иконы Божией Матери «Всех скорбящих Радость»）裡的聖母像——《眾哀傷者之喜樂》，這幅聖像以聖母顯靈療癒周圍病痛悲苦的眾人而聞名；教堂位於聖彼得堡壁毯街三十五之a號（離鑄造廠街五百多公尺）。——編注

[2] 聖彼得堡市區的主要街道之一，因一七一一年設立於涅瓦河左岸的大砲鑄造廠而得名。

「是這樣子的，你家老爺命令我帶個便箋給他的杜妮雅，但是我卻忘了他的杜妮雅住在哪裡。」

「就在這裡，在二樓。你送便箋來得太遲了，老兄。現在他自己已經到她那裡了。」

「沒關係，」驛站長回話中帶著難以解釋的情緒，「謝謝你提醒我，但我要把自己的事情辦完。」說著這些話，他走上階梯。

大門是鎖著的，他搖了門鈴，在令他難以忍受的等待中，過了幾秒鐘。鑰匙發出轉動的聲響，有人幫他開了門。「阿芙朵季雅．薩姆松諾夫娜住這裡嗎？」

「是的，」年輕的女傭回答，「你找她有什麼事？」

驛站長沒有答話，走進大廳。

「不行，不行！」女傭跟在他後面放聲大叫，「阿芙朵季雅．薩姆松諾夫娜現在有客人。」

但是驛站長聽都不聽，繼續走進去。

前面的兩個房間都是暗的，在第三個房間裡有燈光。

他靠近一扇敞開的房門，然後停了下來。

房間裡面，衣裝光鮮的明斯基坐著沉思。穿著極其奢華時髦的杜妮雅坐在他的單人沙發的扶手上，就像一個坐在英國式馬鞍上的女騎師。她溫柔地看著明斯基，一邊把他的黑色鬈髮纏繞在自己漂亮的手指上。可憐的驛站長！他的女兒從來沒讓他覺得這麼美麗，他不由自主地欣賞著她。

「誰在那裡？」她問，沒有把頭抬起。

驛站長不出聲。

沒有得到回答，杜妮雅抬起了頭……然後驚叫一聲摔倒在地毯上。被嚇了一跳的明斯基急忙扶她起來，突然看到門外的老驛站長，他氣得發抖丟下杜妮雅走向他。「你要做什麼？」他咬緊牙齒對著老人說，「你像賊一樣，偷偷摸摸跟著我到處跑幹什麼？還是你想要殺我？滾出去！」——然後，他用力抓住了老人的衣領，將對方推出樓梯。

老人回到自己的落腳處，他的朋友勸他提出控訴，但是驛站長想了一下，手一揮，決定放棄。兩天後，他從彼得堡回到自己的驛站，再度肩負起自己的職務。「這已經是第三年了，」他最後說，「我沒有杜妮雅陪伴，也沒有她的絲毫音訊。她活著還是死了，只有上帝知道。什麼事都有。她不是第一個被路過的浪蕩公子拐走的女孩，也不是最後一個；那種人把她留在身邊一陣子就拋棄了。在彼得堡有很多這樣的傻女孩，今天穿著錦緞絲絨，而明天呢，你看看，跟著下流的窮光蛋在街上打掃。有時你會這麼想，杜妮雅或許也會落到這個下場，這時你不由得會想要造孽，去祝她早點死了算了……」

這就是我的朋友老驛站長的故事，故事不只一次被老淚打斷，他表情豐富地用自己的衣襟拭去淚水，好像德米特里耶夫[1]優美的敘事詩中熱心的捷連季奇。這些眼淚，一部分是潘趣酒激發出來的——在敘述過程中，他不時啜飲一口，總共喝了五杯；但是，無論如何，這些眼淚深深觸動了我的心。與他分別後，我久久不能忘記年老的驛站長，也一直想著可憐的杜妮雅。

就在不久前，我途經〇〇村落，想起了我的朋友；我打聽到他負責管理的那個驛站已經被撤除了。對於我的問題「老驛站長還活著嗎？」——沒有人能給我一個滿意

[1] 德米特里耶夫（Ivan I.Dmitriev, 1760-1837），俄國詩人、寓言作家、政府官員，捷連季奇為其發表於一七九一年之詩作〈諷刺畫〉中的人物。——俄文版編注與譯注

的答案。我決定親自造訪熟悉的地方，就僱了私人的馬匹，動身前往N村。

這時候是秋天。灰色的烏雲覆蓋了天空，寒冷的風從收割完畢的田野上吹來，吹落了樹上的紅葉黃葉。我在日落前抵達村子，停在驛站小屋前。一個胖女人走出來到屋前的門廳（可憐的杜妮雅曾經在這裡親吻了我），對於我的問題，她回答說，老驛站長死了將近一年，他的屋子裡搬來了個啤酒釀造工，而她就是啤酒釀造工的妻子。我不禁對徒然奔波一趟和平白花費的七盧布感到可惜。

「他是什麼原因死的？」我問啤酒釀造工的妻子。

「喝酒喝死的，老爺。」她回答。

「那他葬在什麼地方？」

「就在村子的圍欄外，在他死去的太太旁邊。」

「能不能帶我到他的墳墓去？」

「怎麼不能？喂！凡卡，你別再和貓玩啦。帶這位大爺到墓園，把老驛站長的墓指給他看。」

話聲未落，一個衣衫破爛、瞎了一隻眼的紅髮小男孩向我跑過來，並立刻帶我往村子外走。

「你認識亡者嗎？」我在路上問小男孩。

「怎麼不認識！他教我雕刻小笛子。從前（願他在天國安息！），他有時從小酒館走出來，我們就跟在他後面說：『老爺爺，老爺爺！核桃！』——他就把核桃分給我們。那個時候大家都喜歡纏著他。」

「那有沒有過路的客人曾經想起他呢？」

「現在很少有過路的客人了，不過是偶爾有陪審員路過，但是他們根本不會注意到死人。倒是夏天的時候，來了一位尊貴的夫人，她打聽了老驛站長的事，還去了一趟他的墓地。」

「怎麼樣的一位夫人？」我不禁好奇詢問。

「非常美的夫人，」小男孩回答，「她乘著六匹馬拉的四輪轎式馬車來的，帶著三個小少爺、一位奶媽和一條黑色的哈巴狗。當別人告訴她老驛站長已經死掉的消息，她立刻哭了，然後對孩子們說：『乖乖坐在這裡，我要到墓園走一趟。』我當時自告奮勇要幫她帶路，但是夫人說：『我自己知道路。』然後她賞了一個五戈比的銀幣給我——真是個好心的夫人啊！」

我們走到了墓園，那是一個光禿禿的地方，完全沒有圍籬，園裡插滿了木頭十字架，連一棵能遮蔭的小樹都沒有。有生以來我還沒看到過這麼淒涼的墓園。

「這就是老驛站長的墓。」小男孩對我說，一邊跳上一個砂土堆；那上面插著一根黑色的十字架，架上鑲著一個銅製聖像。

「那位夫人有到這裡來嗎？」我問。

「有，」凡卡回答，「我遠遠盯著她看。她就趴倒在這裡，而且維持同樣的姿勢很久。然後那位夫人就到村子裡，把神父召喚過來，給了他一些錢，就離開了。她賞了一個五戈比銀幣給我，真是個好夫人！」

我也給了小男孩五戈比銀幣。這時我已經絲毫不覺得白跑這趟路，也不再惋惜我花費的七盧布。

普希金的〈村姑大小姐〉手稿，記載了小說開頭的設定與隨手畫的人物草圖，其中上排三個側臉的中間那個可能是詩人自畫像，右邊的女性背影有可能是詩人未來的妻子娜塔莉雅．岡察羅娃。

村姑大小姐[1]

[1] 本篇名的俄文「Барышня-крестьянка」為兩種身分的複合詞——貴族小姐（барышня）與村姑（крестьянка），用以凸顯女主角在小說情節中的雙重身分形象，因而中譯為「村姑大小姐」。——編注

妳啊，寶貝，穿什麼都好看。

——博格丹諾維奇[1]

[1] 博格丹諾維奇（Ippolit F. Bogdanovich, 1743-1803），俄國詩人、翻譯家，題詞取自他作於一七七五年的敘事詩〈寶貝〉（Душенька），此作情節改寫自法國拉封丹一六六二年的小說《賽姬與邱比特之愛》（拉封丹改寫自古羅馬作家阿普留斯的《變形記》［或譯金驢記］）。〈寶貝〉出版後非常受歡迎。普希金曾評價：「博格丹諾維奇〈寶貝〉裡的詩句和全部篇章都配得上拉封丹。」——譯注與編注

在我們國家一個遙遠的省區，有一座屬於伊凡·彼得羅維奇·別列斯托夫的莊園。他年輕的時候曾經在近衛軍服役，一七九七年初他卸下軍職[1]，回鄉定居，從那時起他就再也沒離開過這個地方。他娶了一個貧窮的貴族小姐，後來他的夫人因為難產而死，那時他正好在離莊園很遠的野外。他很快就在管理莊園的工作裡找到慰藉。他自己設計蓋了一座宅邸，開辦了一間呢絨工廠，收入增加三倍以後，他開始認為自己是附近地區最聰明的人。關於這點，帶著家人和狗到他那裡作客的鄰居們都不會反駁。平常他穿著普里斯絨布[2]的短外套，節日時就換上自家生產的呢絨禮服；他親自記錄帳簿收支，除了《參政院公報》[3]以外，什麼都不讀。基本上大家都喜歡他，雖然也都認為他

---

[1] 一七九六年俄國沙皇帕維爾一世（Pavel I, 1754-1801）登基，他是葉卡捷琳娜二世之子，長期在母親盛名下能力頗受質疑，因此登上皇位後對於反對他的近衛軍進行了一番整肅。——俄文版編注與譯注

[2] 普里斯絨布是一種以棉紗織成、品質較差的廉價絨布。

[3] 這是參政院（Правительствующий сенат）宣導政令的官方刊物。參政院是俄羅斯帝國的最高政治機關，依屬於帝王之下，一七一一年由彼得大帝所建，至一九一七年廢除，其中很長一段時間是集立法、行政、司法三權合一的最高權力機關。——編注

是個驕傲的人。和他不合的只有格里戈里．伊凡諾維奇．穆羅姆斯基[1]，這是離他最近的一位鄰居。這位穆羅姆斯基是個真正的俄羅斯貴族，他在莫斯科把自己的大半家產揮霍殆盡，那時候又剛好喪偶，於是便回到自己的最後一處莊園，在這裡他繼續任性妄為，不過是以一種新的方式——他闢建了一座英國式庭園，幾乎把最後的財產全數花光；他的馬夫都穿得像英國騎師，他為女兒找了個英國的女家庭教師，他還照英國的方式耕種田地：

> 但是用異國的方式是長不出俄羅斯穀物的[2]。

儘管格里戈里．伊凡諾維奇大幅減少開支，收入仍沒有增加。他甚至在鄉下找到新的借貸方式，不過大家認為他並不傻，因為他是這個省區眾多地主之中第一個想到

[1] 這個姓氏明顯與〈驛站長〉中的穆羅姆相呼應，給人負面的聯想，見第一五三頁注釋[2]。——編注

[2] 此句引用自劇作家沙霍夫斯科伊公爵（Alexander A. Shakhovskoy, 1777-1846）的〈諷刺詩〉（1808）。——俄文版編注

把地產抵押給監護工作委員會[3]的人：這種周轉方式，在當時似乎是非常複雜而且大膽。許多人批評他，其中以別列斯托夫的反應最強烈。痛恨新事物是別列斯托夫非常明顯的人格特徵。他不能心平氣和地談論自己這位鄰居對英國的狂熱，不時找機會批評對方。每次只要他向來訪的客人展示自己的產業，對於客人讚美他的農務安排，他的回應通常是——「對嘛！」他帶著狡猾的冷笑說，「我這裡和鄰居格里戈里·伊凡諾維奇那裡不一樣。我們哪能用英國式的揮霍啊！照俄國的方式，至少我們能吃飽。」像這種或類似的嘲弄，透過熱心的鄰居，經過加油添醋後，都傳到格里戈里·伊凡諾維奇的耳裡。我們的英國迷忍受批評的雅量，就像我們的報社記者一樣差。他大發脾氣，幫那位惡意批評的鄰居取了熊和鄉巴佬的綽號。

當別列斯托夫的兒子回到自己的家鄉時，這兩位地主之間的關係就是這樣。別列斯托夫的兒子在○○大學受教育，打算投身軍職，但父親對此不表同意。對於文職工

[3] 監護工作委員會（Опекунский совет），帝俄時期主管寡婦、孤兒、非婚生子女等照護工作的官方機構，其中一項工作是管理育幼院和其下附屬的貸款單位。——編注

作，年輕人覺得自己完全不在行。父子彼此不肯相讓，於是年輕的阿列克謝只好暫時回家，當起少爺；為了因應可能的情況，他蓄起了鬍[1]。

事實上，阿列克謝是個好青年。如果他那挺拔的身材沒有穿上合身的軍服，或者，如果他不能騎在馬上顯威風，而是彎腰埋首公文堆中，虛度青春，真的會是件很可惜的事。看他打獵時總是一馬當先，勇往直前，鄰人們一致同意，他不可能成為一個稱職的文書官員。貴族小姐們不時側目偷看他，有些人甚至看得出神了；但是阿列克謝很少理會這些人，不過她們認為他不理不睬的態度是因為心存愛意。確實，有一張到處流傳的紙箋，是從他一封信的收件地址上抄來的：**莫斯科，阿列克西修道院[2]對面，銅匠薩維利耶夫宅，阿庫莉娜·彼得羅芙娜·庫羅奇金娜收，敬請轉送此信予A·N·**

---

[1] 當時的俄國軍官依規定必須蓄鬍。——俄文版編注

[2] 莫斯科最早的女修道院，於一三六〇年代由當時的莫斯科都主教阿列克西（Алексий）成立，此篇小說創作時的院址位於現今的救世主大教堂；修道院於一八三七年因救世主大教堂新建案，而遷移至莫斯科東北郊的紅村（Красное село）。——編注

R。[3]

在我的讀者之中，那些沒有在鄉村生活過的人，是無法想像這些縣城小姐們的迷人之處！她們在清新的空氣中和自家花園的蘋果樹蔭下成長，對於上流社會和生活的知識來自於書本。幽居僻地、自由和閱讀，讓她們很早就萌生情感和愛欲，這都是我們這些閒散的美女們所不熟悉的。對於她們來說，聽到馬車鈴鐺的聲音，就已經是不尋常的新鮮事。到鄰近的城市旅行，算是生命中的大事。而遠道而來的訪客往往會留下很久的、有時甚至是一輩子的回憶。當然，每個人都可以嘲笑她們的某些奇怪之處，但是膚淺旁觀者的嘲笑不能抹滅她們最重要的優點，其中主要就是：**性格特質、獨特性**（就是法文說的「individualité」）——如果少了這點，依照尚．保羅[4]的看法，人類的偉大也就不復存在。或許，在首都的女士們能得到更好的教育，但是上流社會的社交習慣很快就把個性磨掉，讓心性有如頭飾般個個變得一模一樣。這些並不會在法

---

[3] 作者普希金在此處刻意借用莎士比亞《羅密歐與茱莉葉》中的類似描述方式。

[4] 尚．保羅（Jean Paul［本名 Johann P. F. Richter, 1763-1825］）是德國作家。——俄文版編注

庭上說出來，也不會在判決之中提到，不過，就像從前的一位評論家所寫的：「我們的意見仍然有效。[1]」

不難想像，阿列克謝會在我們這些小姐的圈子裡產生什麼印象。他是第一個在小姐們面前擺出憂鬱、失望表情的人，也是第一個向她們訴說自己不再快樂和青春消逝的人；此外，他還戴著一個刻著骷髏頭的黑色戒指。所有這一切都是這個省區裡極其新奇的事。貴族小姐們都被他迷得失去理智。

在眾家小姐之中，花最多時間在他身上的就屬英國迷的女兒麗莎（或像格里戈里．伊凡諾維奇平常這麼稱呼她——貝琪）。雙方的父親彼此互不往來，所以她還沒見過阿列克謝，不過附近所有的年輕小姐都在談他。麗莎十七歲，烏黑的眼珠讓她那張黝黑且非常討喜的臉龐更有活力。她是家中唯一的小孩，也因此備受寵愛。麗莎的活潑好動和無時不刻的頑皮舉動總是能讓父親讚賞，而這些舉動卻讓她的家庭教師傑克森小姐陷入絕望。這位家庭教師是一位古板的、四十歲的老小姐，她臉上搽粉，眉毛染黑，

[1] 原文用拉丁文「nota nostra manet」。

一年重讀兩次《帕梅拉》[2]，每年可以因此獲得兩千盧布，還可以**在這個野蠻的俄國**無聊得要死。

跟在麗莎身邊服侍的是娜斯佳，她的年紀比麗莎稍微大一點，但是和她的小姐一樣率性。麗莎很喜歡她，對她傾訴自己所有的心事，然後和她一起細細思考自己的古怪念頭。簡單來說，相較於任何一位法國悲劇故事中的閨中密友，普里魯奇諾村的這位娜斯佳算是更重要的人物。

「今天是否可以允許我出門訪友？」有一天娜斯佳在服侍小姐穿衣時說。

「去吧，是去哪裡？」

「去圖吉洛沃村，別列斯托夫家。他們家廚師的老婆慶祝命名日，昨天跑來找我們過去吃飯。」

「看！」麗莎說，「兩家的主人在吵架，可是僕人們彼此互相招待對方。」

---

[2]《帕梅拉——美德有回報》（Pamela, or Virtue Rewarded）是英國作家理查森（Samuel Richardson, 1689-1761）一七四〇年出版的小說，是羅曼史小說的先驅。——編注

「老爺的事情和我們有什麼關係！」娜斯佳反駁，「何況，我是您的侍女，不是老爺的侍女。您又沒有跟小別列斯托夫吵架；讓老頭子們自己去吵吧，如果這讓他們高興的話。」

「娜斯佳，想辦法看一看阿列克謝．別列斯托夫，然後一五一十地告訴我他長得怎麼樣，還有他是什麼樣的人。」

娜斯佳答應了。麗莎一整天都迫不及待地等著她回來。傍晚時，娜斯佳出現了。

「嘿，麗莎維塔．格里戈里耶芙娜[1]，」她走進房間，然後說，「我看到了小別列斯托夫，仔細看得夠了，我們一整天都待在一起。」

「這是怎麼一回事？告訴我，從頭好好說。」

「好的，今天去的人包括我、阿妮西雅．葉戈羅芙娜、涅妮拉、杜妮卡……」

「好，知道了，然後呢？」

「請讓我一件一件好好說吧。那時，我們到了餐會現場。房間裡擠滿了人，有卡

[1] 麗莎正式的名與父名，兩者連稱表示尊敬。

爾賓諾村的人、札哈里耶沃村[2]的人、管家的太太和她的女兒們、赫魯賓諾村的人……」

「唉！那別列斯托夫呢？」

「稍等一下嘛，這時候我們就座，管家的太太坐在首位，我坐在她旁邊……她的女兒們就生起悶氣來，我可沒把她們看在眼裡……」

「哎呀！娜斯佳，妳都只說這些小細節，真是無聊透了！」

「您怎麼一點耐性都沒有！然後我們離開餐桌……飯吃了大概三個小時，餐點真棒，甜品有藍色、紅色和條紋狀的法式奶凍……然後我們走到庭院裡玩起戈列基遊戲[3]，年輕的少爺就是在這個時候出現的。」

「結果怎麼樣？他是不是真的長得很好看？」

---

[2] 可能是現在的札哈羅沃（Zakharovo），位於莫斯科市中心西南約五十公里的村莊，曾是普希金的外祖母瑪麗亞．漢尼拔（M. A. Hannibal, 1745-1818）的莊園所在地，普希金在此度過五年的童年夏日時光（1805-1810），這裡的農村風俗與生活給予普希金非常重要的創作資源。——編注

[3] 戈列基（горелки）是一種斯拉夫民族的捉人遊戲，參與者排成一列，站在最前端的人必須設法捉住從自己後方依序跑出的兩個人其中之一。

「好看得令人驚訝，稱得上是美男子。體格好、身材高、雙頰紅潤……」

「真的嗎？我一直以為他一臉蒼白樣。怎麼樣？他給妳的印象如何？看起來憂愁、若有所思的樣子嗎？」

「哪有像您說的那樣！像他這麼瘋的人我這輩子還真沒見過。他突然就想要和我們一起追著玩戈列基。」

「跟你們一起追著玩戈列基！不可能！」

「當然有可能！他還想出了新花樣呢！被他抓住的，就親一下。」

「隨妳怎麼說，娜斯佳，妳騙人。」

「信不信由您，我沒騙人。我好不容易才躲開他。他就這樣子和我們玩了一個下午呢。」

「那大家怎麼說他早已有了心上人，而且對誰都不屑一顧。」

「這我就不知道了。不過他看我倒是看了夠多次了，還看了塔妮亞，管家的女兒；對了，還有卡爾賓諾村的帕莎，嘿，說來真是不應該，沒有人覺得不愉快，這樣的調皮鬼！」

「這真是令人驚訝！那妳在他們家有聽到關於他的什麼事嗎？」

「他們說少爺非常完美：他多麼善良，又令人愉快。只有一件事情不好：太喜歡追著女孩子跑。不過，在我來看，這不算什麼大毛病：他會慢慢變穩重的。」

「我真想看看他本人！」麗莎嘆了口氣。

「這有什麼難的？圖吉洛沃村距離我們不遠，總共也就三里路：您去那邊走走，要不然就騎馬過去；您總會遇到他。他每天一大早都會帶著長槍去打獵。」

「才不要，不好。他可能會認為我在追求他。再說我們兩人的父親彼此不和，所以我就更不能和他來往了……啊！娜斯佳！妳知道嗎？我要裝扮成農家女孩！」

「其實，您穿上厚襯衫、薩拉凡長裙[1]，就大膽往圖吉洛沃村過去，我跟您保證，別列斯托夫一定不會錯過您。」

「我可以維妙維肖地模仿本地腔調說話。啊！娜斯佳，可愛的娜斯佳！這是多麼棒的主意啊！」就這樣，麗莎心心念念著務必實現這個有趣的想法就寢了。

---

[1] 俄羅斯傳統農婦穿著的無袖連衣裙，形狀類似吊帶長裙，穿在襯衫外面。

就在第二天，她開始落實自己的計畫，派人到市集買來厚麻布、藍色的棉布和銅質的鈕扣，在娜斯佳的協助下，幫自己裁剪了襯衫和薩拉凡長裙，然後逼迫家裡的女僕們趕工縫製，傍晚的時候，一切都準備就緒。麗莎試穿新裝，她在鏡子前承認，自己從來沒有像現在看起來這麼可愛過。她重複演練自己的角色，走路的時候彎腰深深鞠躬，然後搖了幾次頭，好像陶製的貓一樣。她學著用農家的口吻說話，笑的時候用袖口遮掩，贏得了娜斯佳的大力讚賞。只有一件事難倒了她，她試著在院子裡赤腳走一圈，但是草地刺痛了她嬌嫩的雙腳，砂土和小石子更是讓她無法承受。娜斯佳立刻幫忙，她照著麗莎的腳量了尺寸，跑到外面去找牧羊人特羅菲姆，吩咐他按照尺寸做一雙草鞋。第二天，天還沒亮，麗莎已經醒了，全屋子的人都還在睡夢中。娜斯佳跑到大門外等候牧羊人。牧笛聲傳來，一群牲口經過了宅邸前面。特羅菲姆走到娜斯佳面前，給她一雙小小的花編草鞋，得到一個半盧布的銀幣做為獎賞。麗莎靜悄悄地穿上農家女孩的裝束，小聲地指示娜斯佳該如何打發傑克森小姐，走出宅邸的後門台階，然後穿過柵欄跑到田野上。

朝霞在東方閃耀，一層層金色的雲朵，看似等著迎接朝陽，像是等著參拜君王的朝中大臣；清朗的天空、早晨的清新感覺、露珠、微風和鳥兒的啼唱讓麗莎的心裡充滿了如嬰孩般天真的喜樂。由於害怕被熟人看到，她好像不是用走的，而是用飛的。接近位在父親土地邊界處的小樹林時，麗莎走得更小心。這裡就是她應該等待阿列克謝的地方。她的心臟劇烈跳動著，自己也不知道為什麼；但是這種伴隨著年少胡鬧而來的恐懼，正是其中最最美妙之處。麗莎走進了小樹林的陰暗處。樹林中低沉、滾滾而來的喧囂聲迎接這個女孩。她愉悅的心情沉靜下來，漸漸陶醉在甜美的夢想中。她想著……但是難道可以明確弄清楚一位十七歲的貴族小姐，在春天早上五點多鐘獨自在樹林裡想的究竟是什麼？就這樣，她一邊想著，一邊沿著兩旁被高樹遮蔽的小路往前走。突然間，一條非常漂亮的獵犬對著她狂吠。麗莎嚇了一跳，尖叫出聲。這時候有個聲音響起：「站住，斯波加爾，到這邊來……[1]」然後年輕的獵人從灌木叢中出現。

「別怕，親愛的，」他對麗莎說，「我的狗不會咬人。」

麗莎及時從驚訝中恢復過來，並且懂得立刻把握機會。「不，少爺，」她裝出半

---

[1] 原文用法文「Tout beau, Sbogar, ici...」。

受驚嚇，又有些羞怯的樣子說，「我怕，你看這狗，這麼凶，又要撲上來了。」阿列克謝（讀者已經猜出是他）這時候仔細端詳這位年輕的農家少女。

「我送妳回去，如果妳害怕的話。」他對她說，「妳允許我走在妳旁邊嗎？」

「又沒人擋你？」麗莎回答，「隨你的便，路是給大家走的。」

「妳從哪裡來的？」

「從普里魯奇諾來的；我是鐵匠瓦西里的女兒，我要去採菇。」（麗莎提著一個繫著繩子的籃子）。「那你呢，少爺，是不是圖吉洛沃村的？」

「沒錯，」阿列克謝回答，「我是少爺的隨身僕人。」阿列克謝想要拉近彼此的關係。

但是麗莎看了看他就笑了出來。「啊，你騙人。」麗莎說，「我可不傻，我看你就是少爺本人。」

「為什麼妳這麼想？」

「從各方面來看。」

「到底為什麼？」

「怎麼可能把少爺和僕人搞混。穿著打扮不像，說話也不一樣，叫狗的時候也不是用我們的話。」

阿列克謝越來越喜歡麗莎。已經習慣不和漂亮農家姑娘拘禮的他，想要擁抱麗莎。但是麗莎從他身邊跳開，並且立刻換成一副嚴肅冷淡的表情——即使這樣的表情逗得阿列克謝發笑，但也阻止了他進一步的意圖。

「如果您希望我們未來還是朋友，」她鄭重地說，「那麼請不要太放肆。」

「是誰教妳這些深奧的道理？」阿列克謝笑著問，「會不會是我認識的小娜斯佳？也就是妳們家小姐的侍女？看看這啟蒙教育是怎麼普及的！」

麗莎感覺到已經超出自己所扮演的角色，立刻回過神來。「你在想什麼？」她說，「難道我從來沒有到老爺的宅邸過嗎？才不是呢，我什麼事情沒聽過，什麼事情沒看過。不過，」她繼續說，「跟你閒聊，我就來不及採菇了。你走吧，少爺，你往這邊走，我往另一邊走。就此告別……」

麗莎想離開，阿列克謝抓住她的手問：「我的寶貝，妳叫什麼名字？」

「阿庫莉娜，」麗莎回答，努力想從阿列克謝的手中抽出自己的手，「快放手，少爺，我該回家了。」

「好，我的朋友阿庫莉娜，我一定會去拜訪妳的老爹，鐵匠瓦西里。」

「你幹什麼？」麗莎強烈反對，「看在基督的份上，不要來。如果被家裡人知道我和少爺在樹林裡單獨談話，那我就糟了。我的爸爸，鐵匠瓦西里會把我打死。」

「但是我一定要跟妳再見面。」

「我下次還會再到這裡採菇。」

「什麼時候呢？」

「就說明天吧。」

「可愛的阿庫莉娜，我想要好好親吻妳幾下，但是不敢。所以明天，就在這個時間，對嗎？」

「對，對。」

「妳不會騙我吧？」

「我不會騙人。」

「妳發誓。」

「那就以神聖的星期五[1]起誓，我一定來。」

兩個年輕人分頭離去。麗莎走出森林，橫越田野，偷溜進花園，慌忙地跑進農舍裡，娜斯佳正在那裡等著她。她在那裡換了衣服，心不在焉地回答迫不及待的密友所提出的問題，然後來到客廳。桌子已經擺好餐具，早餐也備妥了。而臉上塗了粉、束好了束腰的傑克森小姐正在切薄片麵包。爸爸因為她早起散步而稱讚不已。「沒有什麼事情，」他說，「比在曙光中醒來更健康的。」他立刻舉了好幾個長壽的例子，都是從英國雜誌中得知的。他還說，凡是活過一百歲的人，都是不喝伏特加，而且無論冬天夏天都在曙光中醒來。麗莎沒聽他說話。她的腦中回顧著今早會面的所有情境，還有阿庫莉娜和年輕獵人的整個對話，這時候良心開始折磨她。雖然她努力反駁自己，說他們的談話並沒有逾越體統，說這樣的玩鬧不可能有什麼影響，但是沒有用，良心

[1] 指基督教聖徒受難者帕拉斯克娃（Святая мученица Параскева Пятница），帕拉斯克娃為希臘文的星期五，用以紀念耶穌受難日，她生活於三世紀的小亞細亞，在俄國文化中她與斯拉夫神話的織造女神莫科什（Мокошь）的形象結合，在古羅斯時代受到相當崇拜，被視為家庭幸福的守護神。——編注

的抱怨聲浪高過她的理智。她答應明天一早約會的承諾，讓她越來越感到不安。她已經打定主意不遵守自己所發的莊重誓言。但是苦等不到她的阿列克謝，可能會到村子裡尋找鐵匠瓦西里的女兒，也就是真正的阿庫莉娜——臉上有麻子的壯碩女孩，如此一來就會猜到她這場冒失輕率的惡作劇。這樣的想法讓麗莎不寒而慄，她因此決定第二天早上再度以阿庫莉娜的身分出現在樹林裡。

另一方面，阿列克謝沉浸在喜悅之中，他一整天都想著他新認識的這位朋友。晚上，甚至睡夢裡，這個深色皮膚美女的形象一直出現在他腦中。曙光才剛露出，他已經穿戴整齊。沒給自己時間幫獵槍裝上彈藥，他便和忠心的獵犬斯波加爾跑進原野，然後跑到約定的地點。在讓他難以忍受的等候之下，大約半個小時過去了，終於看到灌木叢之間藍色的薩拉凡長裙閃動著，他衝上去迎接可愛的阿庫莉娜。她微笑著，回應他感激的欣喜之情。但是阿列克謝立刻發現她的臉上有煩悶不安的痕跡。他想探究原因。麗莎向他坦白，她覺得自己的行為輕浮，並對此表示後悔，這一次她不想不遵守約定，但是這次見面將會是最後一次，她請求他停止交往，因為這對他們不會有任何好處。這一切當然都是用農民慣用的話說的，但是這些在一般女孩身上不常見到的想法和情感，卻讓阿列克謝感到驚訝。他費盡口舌，想要讓阿庫莉娜打消念頭。他保證他想和她見面的願望是純潔無邪的，承諾絕不會讓她有任何後悔的理由，也承諾一切都服從她，懇求她不要剝奪他的一大快樂：和她單獨見面，即使兩天一次也好，甚至一週兩次也行。他用真切的熱情口吻說著，此刻他確實愛上對方了。麗莎一言不發地聽著他說話。

「你保證，」她終於說了，「絕對不到村子裡找我，也不會打聽有關我的事。你保證，除非我自己要求，否則你不會找機會和我見面。」

阿列克謝打算以神聖的星期五對她起誓，但是她面帶微笑阻止了他。

「我不需要誓約，」麗莎說，「單單你的承諾就足夠了。」

之後，他們友好地交談，一起在樹林裡散步，直到麗莎告訴他：「時候不早了。」他們彼此道別，而阿列克謝一個人留在原地。他不能理解，一個普通的鄉下女孩，只見了兩次面，為什麼就能夠讓他變得服服貼貼。他和阿庫莉娜的交往對他來說是新鮮的美妙經驗，雖然這位奇怪農家女的吩咐讓他覺得累贅又麻煩，但是不守承諾的想法甚至壓根不曾出現在他的腦海中。事實上，儘管手上戴著不祥的戒指、有一張神祕的紙箋，而且還擺出一副憂鬱失望，但阿列克謝仍是一個善良而熱情的年輕人，有著一顆純潔、能夠感受到純真喜悅的心。

如果依照我個人的嗜好，一定要鉅細靡遺地記下這對年輕人的約會過程、彼此日漸滋長的傾慕和信任，還有他們做了什麼事、說了什麼話；但是我知道，大多數的讀者都不能領略到我的樂趣。這些細節一定會讓人覺得太過甜膩，因此我就略過這些，只記個梗概，總之，還不到兩個月，我們的阿列克謝已經愛得神魂顛倒，而麗莎雖然比較沉默一些，但是也沒有比對方冷靜多少。他們兩人都沉浸在真正的幸福之中，而且很少想到未來。

是否要建立牢不可破的關係？這樣的念頭經常在他們的腦海裡浮現，但是他們從來不曾對彼此提到這件事。原因很明顯：不論阿列克謝如何愛戀可愛的阿庫莉娜，還是瞭解他和貧窮的農家女之間存在的距離；而麗莎早已經知道他們兩人的父親之間的憎惡如此之大，所以不敢奢望兩家彼此和解。此外，想看到圖吉洛沃的地主最後臣服在普里魯奇諾村鐵匠女兒膝下，這渺茫卻浪漫的希望也悄悄激起她的自尊心。突然間，發生一件重大的事情，差一點就要改變他們之間的關係。

在一個晴朗、寒冷的早晨（是我們俄羅斯秋天常見的那種），伊凡·彼得羅維奇·別列斯托夫騎馬出遊，他帶了三對波索犬[1]、一位馬夫和幾位持響板[2]的家僮，以備打獵之需。就在這個時候，格里戈里·伊凡諾維奇·穆羅姆斯基，禁不住好天氣的誘惑，命人將短尾巴的小母馬上馬鞍，在他的英式莊園附近疾馳。跑近樹林時，他看到自己的鄰居驕傲地跨坐在馬背上，穿著內襯狐皮的高加索式上衣[3]，正等著野兔出現，幾個隨行的家僮邊喊邊敲著響板，企圖把野兔從樹叢裡趕出來。如果格里戈里·伊凡諾維奇能夠預見此事，他必然會轉到另一邊去；但是他會撞見別列斯托夫完全是出乎意料之外，一時之間，他已經到了對方手槍射擊的範圍內。沒辦法了。穆羅姆斯基，身為一個受過教育的歐洲人，騎馬跑向自己的對頭，並且恭敬地向他問好。別列斯托夫也用同樣的熱情回禮，那樣子活像一頭拴著鍊子的熊依照馴獸師的命令向**眾人**鞠躬。在

[1] 波索犬（борзая）是古羅斯以來貴族狩獵用的獵犬，奔跑快速，擅長在廣闊空間追捕獵物，常用來獵兔、狐、狼。——編注

[2] 打獵時藉著響板的聲音驚動獵物。

[3] 指高加索地區遊牧民族一種腰間有摺、適合騎射的服飾。

這個時候，野兔衝出樹林，在原野上放腿狂奔。別列斯托夫和馬夫此時一聲狂吼，放出獵犬的同時，兩人也跟在後面全速奔馳。穆羅姆斯基的馬從來沒有上過打獵的場合，嚇了一跳，也放腿狂奔。穆羅姆斯基平時常自誇是個優秀的騎師，也就放手讓馬奔跑，其實心裡面還很滿意有這樣的機會，可以擺脫這位讓人不愉快的鄰居。但是這匹馬跑著，眼前突然出現牠沒預料到的一道山溝，就猛然跳到一旁，而穆羅姆斯基坐不穩，便重重摔到結凍的土地上。他躺在地上，咒罵這匹短尾巴的小母馬。小母馬一感覺到背上沒人，好像回過神來，立刻停了下來。

伊凡．彼得羅維奇騎馬向他跑來，察看他是否摔傷。這時馬夫抓住了馬轡的韁繩，把那匹肇禍的馬牽過來。馬夫幫助穆羅姆斯基爬上馬鞍，別列斯托夫則邀請他到自家坐一坐。穆羅姆斯基不能拒絕，因為他覺得自己應該接受這個邀請。就這樣，別列斯托夫獵到了野兔，帶著受傷的、幾乎像是戰俘一樣的這位對頭，榮耀地返回自己的宅邸。

兩位鄰居一邊用早餐，一邊相當友好地談話。穆羅姆斯基向別列斯托夫借一輛輕便馬車，因為他承認，受到皮肉傷的影響，他恐怕無法騎馬回家。別列斯托夫一直把他送到前廳的台階，而穆羅姆斯基在離開之前，得到對方保證：第二天一定會前往普里魯奇諾（並且會帶著兒子阿列克謝），像朋友一樣共進午餐。如此一來，因為短尾巴小母馬一時的膽怯，雙方長期而根深蒂固的敵意似乎就要停息了。

麗莎跑出來迎接格里戈里・伊凡諾維奇。「這是怎麼回事？爸爸？」她吃驚地問，「您為什麼走路一拐一拐？您的馬在哪裡？這輛馬車是誰的？」

「妳不可能猜到的，我親愛的[1]，」格里戈里・伊凡諾維奇回答女兒，並且把事情發生的經過說了一遍。麗莎不相信自己的耳朵。格里戈里・伊凡諾維奇沒等她恢復鎮靜便說，明天別列斯托夫父子將會來家裡吃飯。

「您說什麼！」麗莎臉色變白，對他說，「別列斯托夫，父子！明天要來我們家用餐！不，爸爸，隨便您想怎樣，我絕對不會出席。」

「妳怎麼了，瘋了嗎？」父親反問，「妳什麼時候變得這麼害羞？還是妳對他們心懷遺傳而來的怨恨，就像浪漫小說的女主角一樣？夠了，不要鬧性子了……」

[1] 原文用英文「my dear」。

「不，爸爸，不論給我世上任何東西，或任何珠寶，我都不會出現在別列斯托夫一家面前。」

格里戈里．伊凡諾維奇聳了聳肩，也就不再和她爭辯了，因為他知道和女兒作對是徒勞無功的事情；經歷過這趟值得大書特書的騎馬散心之行後，他休息去了。

麗莎維塔．格里戈里耶芙娜回到自己的房間，便把娜斯佳叫來。對於明天有客來訪一事，兩人討論良久。如果阿列克謝發現有教養的千金小姐是他的阿庫莉娜，他會作何感想？對於阿庫莉娜的行為舉止、教養規範和思考方式，他會有什麼樣的看法？另一方面，麗莎非常想知道，這樣意外的巧遇會給他什麼樣的印象？一個念頭突然閃過，她立刻把這個想法告訴娜斯佳，兩人都覺得這個想法實在妙極了，於是她們決定一定要實現這個計畫。

第二天，格里戈里．伊凡諾維奇在早餐時問女兒，她是否仍然打算躲著不見別列斯托夫父子。

「爸爸，」麗莎回答，「如果您想要，我會見他們，但是我有個條件：不論我用什麼樣子出現在他們面前，不管我做什麼事，您都不可以責怪我，也不能露出任何吃驚或是不滿的表情。」

「妳又要來搞什麼惡作劇！」格里戈里．伊凡諾維奇邊笑邊說，「好吧，好吧；我同意，妳想怎麼樣都行，我黑眼珠的淘氣鬼！」

說了這些話，他在女兒的額頭上親了一下，而麗莎就跑去準備了。

兩點整的時候，一輛套了六匹馬的家用馬車駛進了庭院，停靠在屋前深綠色的圓形草坪邊上，老別列斯托夫在穆羅姆斯基府邸兩名穿著制服的僕役協助下，走上門口台階。他的兒子騎著馬跟在他後面抵達，兩人一起進入餐廳，宴席已經擺好了。穆羅姆斯基極為親熱地接待自己的鄰居，邀請他們在用餐前先參觀他的花園和寵物園。他帶著客人沿著仔細清掃、鋪了細沙的小徑走。老別列斯托夫心裡暗自可惜，想不通為什麼要浪費時間和心力在這種完全無益的事情上，不過為了表示敬意，他閉上嘴巴。阿列克謝既沒有對精打細算的地主不滿，也不欣賞孤芳自賞的英國迷；他迫不及待想看到主人的女兒現身，他聽過很多關於她的事情。雖然我們知道他早已經心有所屬，不過年輕的美人總是能勾起他的好奇心。

眾人回到客廳，三人一起坐定，老人們回憶起舊日時光和從軍時的各種趣聞。阿列克謝則暗自思考，麗莎出現時，他該表現出什麼樣子來？最後他決定，冷淡、漫不經心，不論在什麼情境下都是最合適的，於是他就照著這個想法做。門打開了，他用一種冷漠、高傲的漫不經心的態度轉過頭去，即使最老練的風騷女人也會因此而怦然心動。可惜，進來的不是麗莎，而是搽了粉、束緊了腰、低垂著眼皮的老小姐傑克森，她行了一個小小的屈膝禮。阿列克謝這場完美的作戰計畫成了枉然。還來不及再度集中精神，門突然又打開了，這一次進來的是麗莎。大家都站起身來，穆羅姆斯基開始介紹客人，不過他突然停了下來，而且急忙咬住自己的嘴唇……麗莎，他那黝黑皮膚的麗莎，整張臉直到耳朵都搽了白粉，眉毛染得甚至比傑克森小姐還黑；她頭上一捲一捲的假髮，顏色遠比她原來的髮色更淡，這些捲髮蓬鬆得就像路易十四的假髮，傻瓜式[1]的衣袖高高聳起，好像龐巴度夫人[2]的裙撐，她的腰束得緊緊的，好像英文字母X；而那些她母親遺留下來、尚未被送進當鋪抵押的寶石首飾，在她的手指、脖子和

[1] 原文用法文「à l'imbécile」，一種窄袖、肩部有蓬起的服裝樣式。——俄文版編注

[2] 原文用法文「Madame de Pompadour」，龐巴度夫人（Jeanne-Antoinette Poisson, 1721-1764），十八世紀的歐洲社交名媛，法國路易十五的情婦，被封為龐巴度夫人。——俄文版編注與譯注

耳朵上閃閃發光。阿列克謝無法從這個可笑而閃閃動人的大小姐身上認出自己的阿庫莉娜。他的父親上前向大小姐行吻手禮，而阿列克謝心情懊惱地隨著父親，當他碰觸到她白細的手指時，感覺到她的手指似乎在顫抖。這時他注意到她故意伸出一隻穿著鞋的小腳，竭盡所能地賣弄風騷，這倒讓他稍微能容忍她身上的盛裝打扮了。至於臉上的白粉和染黑的眉毛，由於心性單純，必須承認，他一開始沒注意到，隨後也沒有產生任何懷疑。格里戈里·伊凡諾維奇記得自己對女兒的承諾，努力不露出任何一點吃驚的表情；但是女兒的淘氣讓他覺得很有趣，他費了好大的勁才忍住不笑出來。一點都不覺得好笑的是古板的英國小姐，她已經猜到，染髮藥水和白粉都是從她的櫥櫃裡偷出來的，因此，惱火的紅暈從她搽了粉的白臉上透了出來。她把燃著熊熊怒火的目光投向年輕的調皮鬼，不過後者卻把該有的解釋都擱在一邊，假裝好像什麼都沒看見。

大家都入席就座，阿列克謝繼續裝出漫不經心且若有所思的樣子。麗莎則裝腔作勢，說話時故意咬著牙齒，拉長音，而且全程只說法語。她的父親不時轉過頭來看著她，雖然搞不清女兒究竟有何意圖，不過他認為這一切都非常有趣。英國小姐坐著發脾氣，一句話都不說。只有伊凡．彼得羅維奇一個人好像在家裡那般自在，他一個人吃兩人份的菜，開懷暢飲，為自己說的笑話放聲大笑，並且越來越友善地談笑。

終於，眾人餐畢離席，客人們告辭。格里戈里．伊凡諾維奇放聲大笑，蹦出一連串的問題。「妳怎麼會想到要捉弄他們呢？」他問麗莎，「妳知道嗎？妳真的很適合搽粉，我不打算深入探聽女士們的化妝祕密，不過如果我是妳，我就會開始搽粉，當然，不要搽太多，淡淡地就好。」

麗莎對於自己的計謀成功感到非常高興，她擁抱父親，表示自己會考慮這個建議，然後就跑去向生氣的傑克森小姐討饒。麗莎費了好一番力氣才讓傑克森小姐同意開門聽她的解釋。因為在陌生客人面前，麗莎羞於以原本的黑皮膚面貌示人，但是她不敢提出借用的要求，她確信善良又好心的傑克森小姐事後一定會原諒她……傑克森小姐確認麗莎並不是故意拿她當笑柄，就釋懷了。她親吻麗莎，並且送了一罐英國白粉給麗莎，當成和解的證明，麗莎非常感謝地收下這份禮物。

讀者一定猜得到，第二天早上麗莎一刻也不遲地出現在約會的樹林裡。

「少爺，你昨天到過我們家老爺那裡嗎？」她立刻對阿列克謝說，「你覺得小姐怎麼樣？」

阿列克謝回答說他沒注意到她。

「可惜。」麗莎回答。

「那是為什麼？」阿列克謝問。

「因為我想問你，大家說的，是不是真的……」

「大家說的是什麼？」

「大家都說，我長得像大小姐，是不是真的？」

「胡說八道！她在妳面前就像是個醜八怪。」

「啊！少爺，你這樣說真是罪過，我們的大小姐皮膚那麼白皙，穿著打扮又那麼時髦！我哪能和她比呀！」

阿列克謝向她發誓，說她比所有白皙的大小姐都好，為了讓她百分之百信服，他開始描述她那位大小姐種種可笑的特徵，聽得麗莎真心地哈哈大笑。

「不過，」她嘆了口氣說，「就算大小姐可能像你說的很可笑，但我在她面前仍然是個不識字的傻丫頭。」

「噯！」阿列克謝說，「有什麼好煩惱的！如果妳想，我立刻教妳學識字。」

「真的嗎？」麗莎說，「是真的要試試看嗎？」

「是啊！親愛的，現在就開始吧。」

他們坐下。阿列克謝從口袋裡拿出鉛筆和小記事本，阿庫莉娜以驚人的速度很快學會了字母。阿列克謝不得不對她的領悟力感到驚訝。第二天早上，她就想要試著書寫，一開始鉛筆不聽她使喚，但是過不了幾分鐘，她已經一筆一畫寫出像模像樣的字母。

「這真是奇蹟！」阿列克謝說，「我們的教學進展比蘭卡斯特系統[1]還快。」

事實上，在第三堂課的時候，阿庫莉娜已經能夠一個音節一個音節地誦讀《貴族小姐娜塔莉雅》[2]。阿庫莉娜在朗讀的過程中，不時發表評語，這讓阿列克謝深感訝異。而且她還凌亂地寫滿了一張紙的格言，都是從這篇小說中摘錄出來的。

---

[1] 英國教育學家蘭卡斯特（Joseph Lancaster, 1778-1838）推行的教育法，其特點是由高年級學生教導低年級學生。——俄文版編注與譯注

[2] 俄國作家卡拉姆金（Nikolai M. Karamzin, 1766-1826）發表於一七九二年的小說。——俄文版編注

過了一個星期，他們兩人開始通信。郵局設在一棵老橡樹上的樹洞裡。娜斯佳祕密地擔負起郵差的工作。阿列克謝把用偌大的字體寫成的信帶到這裡，然後在同一個地方找到他的愛人寫在藍色粗紙上歪斜潦草的字跡。看起來，阿庫莉娜已經習慣以更有條理的方式敘述，而她的思維能力也明顯發展起來。

與此同時，不久前才正式認識的伊凡·彼得羅維奇·別列斯托夫與格里戈里·伊凡諾維奇·穆羅姆斯基，他們之間的關係漸漸加深，而且很快變得友好。情況是這樣的：穆羅姆斯基經常想，等到伊凡·彼得羅維奇死後，別列斯托夫家的莊園產業都會交到阿列克謝的手裡，如此一來，阿列克謝將成為這個省最富有的地主之一，而這個年輕人沒有任何理由不娶麗莎。從也有了年紀的別列斯托夫的角度來想，儘管他承認自己的這位鄰居有一點瘋狂（或者依照他的說法，是個英國笨蛋），但是不可否認，還是有很多優點，例如：出色地善於鑽營，穆羅姆斯基是普隆斯基伯爵的近親，這位名聲與權勢兼具的伯爵未來很可能提拔阿列克謝，而穆羅姆斯基（別列斯托夫是這樣認為的）想必會因為有利可圖而樂於把女兒嫁給阿列克謝。兩個老人原本就各有盤算，後來兩人談到這件事，互相擁抱，並承諾將認真地處理這件事，各自分頭進行。穆羅姆斯基要說服他的貝琪與阿列克謝親近些遇到了困難，因為自從那場值得紀念的午餐後，貝琪就沒見過阿列克謝。他們倆彼此似乎沒有好感，至少阿列克謝並沒有再度拜訪普里魯奇諾；而麗莎呢？只要伊凡．彼得羅維奇．別列斯托夫造訪普里魯奇諾，她每次都躲回自己的房間。但是，格里戈里．伊凡諾維奇認為，如果阿列克謝每天都待在我這邊，那麼麗莎一定會愛上他。這是理所當然的，時間會解決一切。

伊凡．彼得羅維奇比較不擔心他的願望能否實現。談定的當天晚上，他就把兒子叫進書房。伊凡．彼得羅維奇抽著煙斗，沉默片刻後說：「兒子，你怎麼了？很久沒聽你談起投身軍旅。驃騎兵的制服對你大概已經沒有吸引力了吧？」

「不，爸爸，」阿列克謝恭敬地回答，「我知道您不希望我進入驃騎兵團，服從您是我的本分。」

「好，」伊凡．彼得羅維奇說，「我知道你是個聽話的孩子，這讓我很安慰。我也不想強迫你，我不會逼你……立刻就……進入政府機關任公職；但是現在我想要你結婚。」

「要跟誰結婚呢？爸爸！」大感驚訝的阿列克謝問道。

「跟穆羅姆斯基家的麗莎維塔·格里戈里耶芙娜結婚。」伊凡·彼得羅維奇說，「新娘子太好了，對不對？」

「爸爸，我還沒考慮到結婚的事情。」

「你沒有考慮，我可是為你考慮再三了。」

「隨您怎麼想，我一點都不喜歡麗莎·穆羅姆斯卡雅[1]。」

「以後就會喜歡的。習慣了之後，就會愛上她。」

「我不覺得自己能帶給她幸福。」

「她的幸福不用你煩惱。怎麼著？你就是這樣順從父母的主意嗎？好啊！」

「隨便您想怎麼樣都行。我不想結婚，我也不會結婚。」

「你要不就結婚，不然我就把你趕出家門。至於家業，上帝為證，我要把它賣掉然後揮霍光，半毛錢都不留給你。我給你三天考慮，現在你就別在我面前礙眼。」

阿列克謝知道，如果父親打定主意，那就像是塔拉斯·斯科季寧所說的：用釘子

---

[1] 穆羅姆斯卡雅是穆羅姆斯基這個俄文姓氏的女性形式。

去敲都打不掉；但是阿列克謝的個性也像父親一樣，同樣很難被說服。他回到自己的房間，開始思考父權的管轄範圍，思考麗莎維塔·格里戈里耶芙娜，思考父親嚴正威脅要把他變成一文不名，最後他想到阿庫莉娜。他第一次清楚看出自己瘋狂地深愛著她；他的腦中浮現與農家女結婚、靠著雙手勞動過活的浪漫想法，他越是深入思考這種果敢的做法，就越覺得這是明智慎重的。從不久前的某個時間開始，在樹林中的約會受到多雨天候的影響而中斷。他用最整齊的筆跡和最狂熱的言語寫了一封信給阿庫莉娜，向她解釋會有一個威脅到他們兩人的災難，並在信中就跟她求婚了。他立刻把信帶到樹洞郵局裡，然後自己很滿意地回家睡覺。

第二天，意志非常堅定的阿列克謝一大早就出發前往穆羅姆斯基府上，準備向格里戈里·穆羅姆斯基坦白自己的想法。他希望能夠喚起對方的寬宏大量，說服對方支持自己。

他騎馬到了普里魯奇諾莊園主宅的門前台階外，問道：「格里戈里·伊凡諾維奇在家嗎？」

「不在，」僕人回答，「格里戈里·伊凡諾維奇一大早就騎馬出門了。」

「真可惜！」阿列克謝心想。「那至少麗莎維塔．格里戈里耶芙娜在家吧？」

「是的，在家。」

阿列克謝跳下馬背，把韁繩交到僕人手中，不待通報就直接走進去。

「一切都會解決，」他在走進客廳的途中想著，「我直接對她本人解釋。」

他走進客廳……就呆住了！麗莎……不，是阿庫莉娜，可愛又皮膚黝黑的阿庫莉娜，她今天穿的不是薩拉凡長裙，而是早晨的白色連衣裙，坐在窗前讀著他寫的信。她因為太專心讀信，所以沒聽到他走進來。阿列克謝忍不住驚喜而歡呼出聲。麗莎顫抖了一下，抬起頭，嚇得叫了一聲，然後就想跑開。他衝上前留住她。「阿庫莉娜，阿庫莉娜！」

麗莎使勁想掙脫他……「放開我，先生；您瘋了嗎？[1]」她把頭轉向一旁，重複地說著。

他則是重複著：「阿庫莉娜！我的朋友，阿庫莉娜！」同時親吻她的手。

---

[1] 原文用法文「Mais laissez-moi donc, monsieur; mais êtes-vous fou?」。

這一幕的目擊者傑克森小姐，在一旁不知道該怎麼辦。

這時候門打開了，格里戈里·伊凡諾維奇走了進來。

「哎呀！」穆羅姆斯基說，「你們兩位，看起來似乎已經把事情都談妥了……」

讀者們一定都同意，我不用再白費力氣去描述故事的結局了。

貝爾金小說集到此結束。

普希金在烏沙科娃的紀念冊上的自畫像。

【文學導讀】

普希金的小說藝術

文／政治大學斯拉夫語文系副教授 鄢定嘉

在俄國，普希金是一個神話。

神話源起於一八八〇年莫斯科普希金雕像落成，當時屠格涅夫與杜斯妥也夫斯基發表演說，推崇普希金在俄國文化的地位。二十世紀俄國文學一分為二，無論意識形態遭到控管的蘇聯文壇，或者去國離鄉的流亡文學界，無不以普希金為凝聚他們的力量。二〇一〇年由聯合國宣布每年六月六日（編按：普希金的生日）為世界俄語日，隔年俄國政府將這一天訂為國定假日，只要有俄國人的地方，就必然有以普希金為名的各項活動。

儘管「製造普希金」的流程是一種意識形態的建構，但普希金的美好，你得讀過他的作品才知道。

「一切開端的開端」

俄國文學的許多傳統皆肇始於普希金。他以俄羅斯傳統童話故事元素為基石，寫出《魯斯蘭與柳蜜拉》、《漁夫與金魚的童話》、《金雞的童話》等敘事詩；他的情詩〈我曾愛過您……〉、〈我銘記奇妙的瞬息……〉等字字珠璣，情意深遠綿長；他研究俄國歷史，以悲劇《鮑里斯．戈杜諾夫》思考人民在歷史中扮演的角色；若非他的政論詩〈在沙漠撒播自由種子的人……〉、〈在西伯利亞礦坑深處……〉、〈阿利翁〉，就無法理解十二月黨人的悲慘命運；從敘事詩《青銅騎士》中，可以看到彼得一世所建立的俄羅斯帝國，是如何偉大，又何等可怕；透過中篇小說《上尉的女兒》，看得出詩人對於農民暴動首領普加喬夫的好感，以及對於百姓的同情；他在由〈莫札特與薩里耶利〉、〈石客〉、〈吝嗇騎士〉、〈瘟疫時的盛宴〉組成的《小悲劇》中，生動刻畫人性眾生相；耗時七年完成的詩體小說《葉夫根尼．奧涅金》詳細描繪十九世紀初期貴族青年的生活，並塑造具時代特色的「無用人」典型。

瘟疫蔓延時期的創作

一八三〇年春天，普希金終於得到娜塔莉雅．岡察羅娃母親的同意，歡天喜地準備婚事、迎接期待已久的家庭生活。由於女方家道中落，無法籌措嫁妝，所有婚禮開銷都落在俄國第一詩人身上。普希金的父親將位於尼日哥羅德省博爾金諾村的一小片莊園贈與他當結婚禮物，九月初詩人前去處理土地買賣事宜，預計停留三週後返回莫斯科。不料當地霍亂肆虐，對外交通遭到封鎖，普希金被迫留在當地，直至十二月五日才得以離開。

行動上的限制並未影響普希金的創造力，困在博爾金諾的三個月，被文學史學家稱為「博爾金諾之秋」，正是普希金創作力最旺盛的時期。他完成一八二〇年代南放時期即著手寫作的詩體小說《葉夫根尼．奧涅金》、由四篇「案頭劇」組成的《小悲劇》、三十多首詩歌，以及《貝爾金小說集》。

普希金前後僅花了四十天（九月九日至十月二十日）寫就的《貝爾金小說集》，是他在瘟疫蔓延時期創作中最具特色的一部，也是詩人寫作生涯中第一本真正完成的散文體作品。小說集收錄五篇短篇小說〈射擊〉、〈暴風雪〉、〈棺材匠〉、〈驛站長〉、

〈村姑大小姐〉及〈出版者言〉。該書原稱《已故的伊凡．彼得羅維奇．貝爾金小說集，由ＡＰ出版》，普希金假託貝爾金為作者，藉其故友來信說明這些故事都是貝爾金「從不同的人物那裡聽聞得來」的真人真事，只是改換了人名與地名，而他只是負責處理出版事宜的ＡＰ。到了一八三四年出版的《由普希金出版之小說集》正式標示作者為普希金，標題則簡化為《貝爾金小說集》。

尋找小說之道——《貝爾金小說集》的浪漫主義反諷

為什麼普希金採用故弄玄虛的面具手法？除了避開死對頭布爾加林的毒舌諷刺，也想進行一場創新的文學實驗。彼時，詩歌的黃金時代已近尾聲，小說蓄勢待發，即將接手文學主流大位。布爾加林的《伊凡．維日金》（Иван Выжигин, 1829）是俄國第一本暢銷小說，他以曲折的歷險情節包裝枯燥無味的道德教化，獲得讀者大眾的激賞，並創下驚人銷售紀錄，除了主導大眾閱讀品味，也影響當時的寫作策略。

普希金中學時期以〈皇村回憶〉一詩受到前輩傑爾札文讚賞，敘事詩《魯斯蘭與柳蜜拉》則讓詩壇大老茹科夫斯基自稱「被打敗的老師」，因為普希金，俄國有了詩歌的黃金時期。一八三〇年以前，普希金尚未完成任何散文創作，歷時七年寫就的《葉夫根尼．奧涅金》雖是小說，但以韻文寫成，在講述男主角奧涅金的故事時，他不時以抒情插敘中斷敘事，好與「柳蜜拉與魯斯蘭之友」直接對話。七年後在博爾金諾為這部作品劃下句點時，普希金或許感受到自己和讀者的距離，於是寫下：「不論你是何許人，諸位讀者，／不論是友是敵，如今我願意／與你朋友般，互道別離。」而同時展開的《貝爾金小說集》，可視為作家在與往日讀者道別時，重新定位小說創作的實驗場。

普希金創作各篇小說的時間順序，與小說集中作品的排列順序略有不同。他將最晚完成的兩篇小說〈射擊〉和〈暴風雪〉移至先前寫成的〈棺材匠〉、〈驛站長〉和〈村姑大小姐〉之前，並在文集開頭加上〈出版者言〉。這樣的結構安排和普希金的敘事策略有關。貝爾金雖是小說集的敘事者，但所有形塑其形象的資訊，卻都出自〈出版者言〉中「某位可敬的紳士」的來信：貝爾金比普希金早一年出生，在教堂誦經士的啟蒙下熱愛閱讀和俄國文學，父母雙亡後接管莊園，卻因缺乏經驗加上秉性善良，沒過多久就放任農事荒廢，管理莊園的重任則落在年邁女管家身上，但她竟「靠著說歷史故事的出神入化本領贏得主人信任」，貝爾金過世後，手稿被這位女管家拿來用在不同居家用途上。而關於貝爾金的文學活動，信中幾乎付之闕如。

看來一本正經卻帶有一絲嘲諷的〈出版者言〉，決定了小說集的整體調性。在「真人真事」改寫中設計的情節、場景、人物形象，都帶有浪漫主義聯想，也隱藏作者普希金思考小說之道時感受到浪漫主義的局限性，進而利用情節、場景、人物形象等嘲諷浪漫主義模式。〈射擊〉的故事基底簡單，作者卻讓敘事結構複雜化，並在經歷多年的時間跨度後解開希利維歐身上的謎團：因為餘恨未消，他的生活重心和人生意義只剩等待復仇時機到來。〈暴風雪〉的情節則以女主角瑪麗亞為軸心，將故事分為兩段，前段讓人為沒有結局的戀情嘎然而止感到嘆息，後段眼見郎才女貌無緣相守，結果「命運大逆轉」，原是「姻緣天注定」。最後兩篇小說〈驛站長〉與〈村姑大小姐〉隱含與《可憐的麗莎》、《羅密歐與茱麗葉》的互文指涉，但主角們不受宿命擺布，而是自身選擇決定了他們的人生。四篇小說同樣具有悲喜交雜的情節路徑。即便悲苦的驛站長被視為俄國文學「小人物」的開端，但若對照驛站牆上幾幅描繪浪子回頭的掛畫和命運賜給杜妮雅的幸福生活，讓人感傷的反倒不是驛站長卑微的社會地位，而是一個可憐父親的悲慘命運。

從浪漫的想像到人性的真實——《黑桃皇后》

普希金認為散文必須「精確」、「簡短」，並且隱含各種想法及思想。寫於一八三三年的中篇小說《黑桃皇后》便充分體現了他的寫作原則。這篇小說以彼得堡為故事背景，講述賭徒格爾曼聽聞同儕講述足以致富的紙牌故事後，一心想獲得這個祕密，小說情節緊湊、句構簡潔，加上生動的心理描寫，相當引人入勝，是普希金最受讚賞的散文作品。它不僅拉開俄國文學賭徒形象的序曲，也成為「彼得堡文本」的濫觴。

《黑桃皇后》以賭徒為主角並非偶然。普希金本身是狂熱的賭徒，曾在牌桌上以每行二十五盧布計價，輸掉他剛完成的《葉夫根尼．奧涅金》第五章，隨後押上手邊的兩把槍，才翻轉命運贏回所有賭注。而他從友人戈利岑公爵口中聽聞有關其祖母年輕時玩法老牌輸掉身家，經聖．傑曼伯爵告知三張牌的祕密後贏回財產。上述兩項事實，為《黑桃皇后》提供了人物形象、情節發展與心理描寫的素材。

格爾曼的家庭並不富裕，他的父親是俄羅斯化的德國人，過世時留下的財產並不足以讓兒子衣食無缺。在外人眼中，格爾曼理性精明，事實上他愛慕虛榮，只是不輕易表露內心；儘管骨子裡是賭徒，財力狀況卻不允許他「把生活所需投到獲取非分之財的期望裡」。

佛洛伊德認為人格由本我、自我、超我三部分構成。本我（Id）是人與生俱來的慾望，其中以慾力（libido）最為強烈；自我（Ego）是人出生後經由學習後所獲得；超我（Super-ego）位於人格結構最上層，在社會化過程中形塑而成，受到社會規範和人際關係所制約。三個我之間彼此互動，形成內在的人格動力。格爾曼律己甚嚴，即使在紙牌賭博盛行的環境中，也堅持不碰賭博。然而，他的本我充滿對金錢的慾望，只是受到自我與超我的壓抑，造成他矛盾的人格。

聽到老伯爵夫人擁有足以令人致富的紙牌祕密後，格爾曼整晚都在思量如何取得這個祕密，而他的慾望也在夢境中被喚醒：「他夢見了一張張紙牌、綠色的牌桌、一疊疊紙鈔，還有一堆堆金幣。他牌一張接著一張下注，下得毅然決然，贏個不停，給自己撈了一把金子，口袋裝滿了鈔票。」

禁錮的慾望一旦產生破口，便一發不可收拾，而他任由本我慾望的驅使，先對老伯爵夫人產生慾念（「說不定還當上她的小男友」），後利用麗莎以伺機接近伯爵夫人。

「財迷心竅」的他從真實與幻想的交界處一步步邁向沉淪，跨進非理性的黑洞裡：「格爾曼走到屏風後面，那裡有個小小的鐵架床，右邊是那扇通往書房的門，而左邊則是通往走廊的。格爾曼打開了左邊的門，便看見了那條窄窄的、通往可憐養女房間的螺旋梯……不過他卻轉身走進了幽暗的書房。」

伯爵夫人因驚嚇過度而死去，格爾曼在現實中無法達到目的，卻在夜裡見到她的幽影，並獲得夢寐以求的紙牌祕密。這個片段是全篇小說中最神祕之處，究竟主角見到的是鬼魂、是幻影，抑或只是一場夢？

夢境是常見的文學手法，也是二十世紀以來科學研究的對象。佛洛伊德認為造夢的機制為象徵、凝縮、移置和潤飾，以滿足人清醒時無法滿足的慾望。腦神經科學家則主張做夢時腦幹混亂的神經元會利用無意識系統，根據大腦儲備的知識和記憶，將各種碎片訊號加工處理，形成完整且富有意義的故事。

已分不清現實和幻想（象）的格爾曼完全被三張紙牌控制，變得「鬼迷心竅」：「3、7、A——一下就和格爾曼想像中死去的老太婆形象重疊在一起了。3、7、A——沒有從他的腦海離開，也一直掛在他的嘴上。當他看到年輕的女孩，就說：『她身材多麼勻稱！是貨真價實的紅心3。』人家問他：『現在幾點了？』他就回答：『差五分7點牌。』所有大肚子的男人都讓他想起A。3、7、A——緊跟著他到夢裡，變成所有可能的樣子：3在他面前像大大的花一般盛開，7變成哥德式的大門，而A則是大大的蜘蛛。」

格爾曼表裡不一，理性自持的行為和不切實際的想像力與金錢慾望互相扞格，兩種力量互相拉扯，使他從財迷心竅變成鬼迷心竅，在抽錯的黑桃皇后牌上看到老伯爵夫人對他眨眼，最終以發瘋收場。

《黑桃皇后》的篇幅並不長，普希金言簡意賅，卻深刻描繪真實的人性。他展示男主角的內心活動，讓我們看到他的人格與行為如何在潛意識的驅策下變形。無怪乎杜斯妥也夫斯基會說：「我們在普希金面前都微不足道，我們之中無人擁有這般天才。不久前我讀完他的《黑桃皇后》，絕妙的幻想小說！普希金微妙地分析格爾曼所有的行動與內心經歷的感受，以及他懷抱的希望和最終的絕望。」

「他戰勝了時間與空間」

亞歷山大·普希金生於一七九九年，卒於一八三七年。伴隨他出現的是俄國文學黃金時代，以及他所創造的文學光采和傳統。在他之後，才有萊蒙托夫、果戈里、屠格涅夫、托爾斯泰、杜斯妥也夫斯基、契訶夫等巨匠登上文學舞台，讓俄國文學進入世界文學系譜。

普希金的小說創作文字平實、調性和諧、情節簡單，他卻能在簡約中展現完美的藝術，宛若清新的空氣，美好、純淨、雋永。他的作品雖是近兩百年前的創作，卻充滿當代意蘊。

俄國小說總給人文以載道的厚重感，現在且讓我們拋開「過度餵養的意義」，讀讀《黑桃皇后》和《貝爾金小說集》，在簡單易懂的故事情節中，享受閱讀的喜悅！

【跨界導讀】

普希金與俄國歌劇傳統

文／台灣大學外文系副教授 王寶祥

「一如普希金，葛令卡所稱頌，同是理性之光，智慧之澈；一如詩人，他明察若要取瑰寶，得深入人性找，唯除此之外，樂與詩亦將絕。」

——作曲家學者亞薩菲夫《葛令卡傳》[1]

I 來不及寫歌劇的詩人

普希金經常被譽為「俄羅斯的莎士比亞」，若以作品改編成歌劇的數量而言，三十七歲便因決鬥而英年早逝的他，文學創作不及年過五十才辭世的莎翁多產，改編數因而也較少；然若以作品被改編成歌劇的比例，更重要的是，依改編的流傳度相較，普希金恐怕則更勝莎翁一籌。

莎翁的戲劇改編成歌劇，除了布列頓《仲夏夜之夢》外，更著名的反而是非英語的外語改編：托馬（Ambroise Thomas）的《哈姆雷特》（Hamlet）是法語，威爾第的《奧泰羅》（Otello）是義大利語；而改編普希金的歌劇，幾乎清一色是俄語。但兩相比較，普希金比莎翁還占個優勢：本地歌劇萌發，與文學興發正好接軌。而莎士比亞身處的伊莉莎白一世，與詹姆士一世時期，英倫尚未發展歌劇，因當時歌劇藝術正處義大利翡冷翠實驗階段；然而俄羅斯歌劇發軔期，則與普希金活躍期密合重疊。

俄國歌劇史，幾乎就可說是普希金作品改編史。從發展初期，就與普希金的作品緊密連結，鮮少人能不被影響；彷彿落地前就培育的臍帶，供給所需養分，一路伴隨其成長茁壯。普希金的戲劇創作，《鮑里斯．戈杜諾夫》（Борис Годунов, 1825）以及四齣獨幕劇集合的《小悲劇》（Маленькие трагедии, 1830），全數都有歌劇改編，後者曾在一九九九年普希金誕辰二百年紀念，於俄國彼爾姆的柴可夫斯基歌劇院完整演出。非戲劇類型也照樣改編，包括長篇小說《上尉的女兒》（Капитанская дочка, 1836），中篇小說《黑桃皇后》（Пиковая дама）。敘事詩最多改編，連《青銅騎士》也由葛里葉（Рейнгольд Глиэр）改編成芭蕾舞劇（1949）。

俄國古典音樂的濫觴，亦同時於俄國歌劇的濫觴，咸認由葛令卡（Glinka）開端，他被尊為「俄羅斯民族音樂之父」，只寫了兩齣歌劇，卻奠基未來俄語歌劇的發展路徑：《為沙皇獻身》（Жизнь за царя , 1836），與《魯斯蘭與柳蜜拉》（Руслан и Людмила, 1842）；前者改編歷史，開啟了俄國歷史歌劇，後者改編普希金，開拓了俄國童話歌劇。

號稱俄國歌劇之父的葛令卡，僅小普希金五歲，彼此相識。他曾說服出席他第一齣歌劇《為沙皇獻身》（1836）首演的普希金，為其下一齣《魯斯蘭與柳蜜拉》撰寫劇本（libretto）。只可惜不出三個月，詩人就不幸死於決鬥；俄羅斯音樂與文學雙巨擘合作的美談，因而擦身而過。

葛令卡改編普希金一八二〇年的敘事詩《魯斯蘭與柳蜜拉》，一八四二年在聖彼得堡首演，歷史背景是中古的基輔羅斯，故事卻溢滿瑰麗想像，宛若童話。英雄救美的傳奇，邪不勝正的奇幻征戰，受歡迎程度歷久不衰。更成了莫斯科波修瓦劇院的招牌好戲，在國際舞台則最常以著名的序曲，為音樂會開幕的固定曲目。

II 五人團強固俄國歌劇發展：歷史歌劇

承襲並奠基俄派音樂永續發展的所謂五人團，亦深受普希金影響；領袖巴拉基列夫雖未創作歌劇，其他有三位成員的歌劇與普希金息息相關。全團精神導師斯塔索夫（Владимир Стасов）就經常向成員朗誦普希金詩作；光是〈姑娘別再唱了〉一首，除了前輩葛令卡，還有五人團的巴拉基列夫、林姆斯基－高沙可夫譜曲，到了世紀末的拉赫曼尼諾夫的譜曲，更是迄今高度傳唱。頂重要改編是穆索斯基一八六八至一八七三年期間改寫普希金的無韻詩劇《鮑里斯．戈杜諾夫》（Борис Годунов, 1831），音樂以繁複的管絃技法，與獨到的合聲著稱，對後世影響深遠。這齣他唯一完整完成的歌劇，由作曲家親自填詞，一八六九年初版遭劇院退貨，過於側重男聲部與合唱，遭致批評後，增補重要女性瑪麗娜一角；一八七三選出三景演出，大獲好評，並在授予演出許可後，終在次年元月盛大首演。穆索斯基身後，又經林姆斯基－高沙可夫與蕭士塔高維奇的增補版，光是前者，就有一八九六年的修訂配器，以及一九〇八年的復原兩次改訂，褒貶參差。版本之多，歷程之長，複雜程度在西方歌劇史上恐僅威爾第《唐卡洛》（Don Carlos）堪可相比。

須知歌劇初版完成時，普希金的劇本尚未曾搬上舞台，直到一八六六年，詩人身後近三十年，才通過演出審查，一八七〇年才首演，而穆索斯基算是解禁不久，就開始動筆。當局高度關注，皆因其高度政治性的敏感題材，碰觸十六世紀末十七世紀初的改朝換代，史上所謂的「混亂年代」。而解禁當年，沙皇亞歷山大二世才躲過暗殺一劫，十九世紀後半挑戰沙皇威權的安那其恐怖主義，與十七世紀初羅曼諾夫王朝掌權前，竄出諸多僭越王位者的騷亂，並不乏可比性。普希金也意在以古喻今，感嘆當時尼古拉一世統治下，朝官昏庸，不復過往騎士精神，辜負黎民期待。奪權登基的鮑里斯，弒太子之罪雖未卸其權力，卻昧其良心；而穆索斯基透過合唱，讓廣大民眾扮演要角，切切實實讓人民發聲，再透過驚心動魄的戲劇場景，透視奪權者公與私的不同面向：廣場加冕場景莊嚴威儀的銅管，卻暗伏鐘鑼打擊樂之詭異半音階，對照特雷姆宮中良心譴責、時鐘催人、幻視冤魂的瘋狂場景，不但細膩刻畫歷史人物內心，更已成俄國歌劇經典場景。

III 五人團強固俄國歌劇發展：童話歌劇

以《天方夜譚》（1888）交響組曲聞名天下的林姆斯基－高沙可夫，年輕便加入海軍，特別鍾情航行遠方，冒險犯難。早期歌劇便取材自歷史與童話，出自果戈里等源頭；直到成熟期的世紀末，才開始改編普希金的歷史與童話冒險，共有三齣。

第一齣虛構歷史劇《莫札特與薩里耶利》（Моцарт и Сальери, 1898）改編普希金一八三〇年《小悲劇》中的詩劇，幾乎原封不動搬演原著，戲劇化呈現維也納宮廷作曲家因妒恨天才而對莫札特下毒手的謠傳。除了巧妙引用莫札特的音樂，尤其是《安魂曲》；綿延不絕的旋律，接近念白的唱腔，亦可略見華格納的影響。薩里耶利一角由初試啼聲不久的男低音夏里亞賓擔綱，將劇中的獨白演出入木三分，為其最大亮點。

另兩齣則改編自普希金的童話故事（сказка）。第一齣《沙皇薩爾坦的童話》（Сказка о царе Салтане, 1900）改編一八三一年的同名故事，為紀念普希金百週年冥誕而作。光是獨立於歌劇之外的衍生影音創作，恐怕知名度就已超越原劇：負責舞台設計的象徵主義大畫家弗盧貝爾（Михаил Врубель）畫他女高音妻子，演出女主角天鵝公主的動人倩影，以及劇中遭讒言汙衊為怪胎的皇太子，經天鵝公主蛻變為大黃蜂，以助其登島為母復仇的管弦樂段〈大黃蜂的飛行〉，後改編成鋼琴獨奏展技曲，跨界廣受歡迎。

最後一齣完整歌劇《金雞》（1909）改編普希金一八三四年敘事詩。也許因為原著亦非原創，而是普希金改編美國小說家華盛頓．歐文《阿爾罕布拉宮故事集》（1832），改編幅度較大，結構方面增添了敘事框架，人物方面則強化女沙皇之分量，其花腔女高音的華彩，尤其旋律優美又神祕的抒情詠嘆調《太陽讚歌》，是此劇亮點，甚至掩蓋主角金雞戲份。

兩齣均由詩人貝爾斯基（Владимир Бельский）編劇，整體而言，不求人物心理深度蝕刻，但求精美裝飾浮雕，如同《金雞》首演的設計師伊凡．比利賓（Иван Билибин）畫面豐盈、色彩瑰麗的插畫般構圖。然而即便人物刻畫抗拒深度，不代表劇構就缺乏深度：普希金原詩隱含嘲諷沙皇尼古拉一世，歌劇中更為明顯地嘲諷當今沙皇尼古拉二世。尤其一九〇六年動筆時，日俄戰爭剛結束，帝俄慘敗，丟掉帝俄控御的滿州旅順港，對於出身海軍世家的作曲家而言，更是孰不可忍之痛。

IV 三編普希金：俄羅斯歌劇集大成的柴可夫斯基

穆索斯基之外，改編普希金，最為人所知的作曲家，也是俄國史上公認最重要的柴可夫斯基。剔除未完成與修訂，他共寫了九齣完整歌劇，其中三齣出自普金，均為成熟期的核心創作，也幾乎算是他最有名的歌劇。

改編敘事詩《葉夫根尼．奧涅金》（Евгений Онегин, 1878）的過程，交織了作曲家文學詮釋史，與自身生命史，血淚斑斑。一八七七年作曲家收到莫斯科音樂學院教過的女學生來信，有一說是，為了不重蹈詩中玩世不恭的奧涅金所犯已讀不回的錯誤，即便自身強烈的同性戀傾向，他決心與愛慕者通信，更與同是同志的弟弟通信中提及，將不惜一切，步入婚姻。勉強實踐的結果，卻是痛苦的開端，短暫數月就分居，傷害彼此甚鉅。

痛苦的淬鍊，昇華、蛻變為動人的詠嘆。作曲家在兒戲婚姻後，振筆疾書在短時間就完成包辦詞曲的歌劇，寫出包括女主角塔吉雅娜振筆疾書，連夜傾訴愛意的獨白告白，「寫信場景」已成俄國歌劇流傳最廣的女高音唱段。除了表錯情告白失敗，劇情關鍵轉折與奧涅金的決鬥、連斯基死前的喟嘆，亦造就了俄國歌劇最著名的男高音詠嘆調。至於玩世不恭的「多餘人」男主角奧涅金，如同柴可夫斯基崇拜的莫札特歌劇《唐喬凡尼》主角，是個麻木不仁的男中音，詠嘆調不多是因為本無多餘情感可宣洩。

作曲家如當今電影導演般，剪輯擷取普希金小說的片段，保留大部分原文，稱歌劇為「抒情場景」；所經歷悲愴命運，藉由歌聲，澆心中壘塊；透過戲劇，直抒胸臆。文學虛構的決鬥，後來竟在自己生命還原；普希金個人的人生如戲，無奈地映照柴可夫斯基原本想逃離文學創造的命運，卻終躲不過自身宿命的戲如人生。

一八七九年聖彼得堡首演由偉大鋼琴家尼古拉．魯賓斯坦指揮，歌劇大獲成功，柴可夫斯基又再度改編普希金：《馬澤帕》（Мазепа, 1884）改編自敘事詩《波爾塔瓦》（Полтава, 1829），背景人物同樣飽受爭議[2]：一七〇九年俄國對抗瑞典入侵的波爾塔瓦戰役，陣前倒戈的烏克蘭哥薩克將領馬澤帕。不過歌劇側重政治面之外的兒女私情：將領愛上乾女兒，搶走貴族好友之女，強調讓父女處境兩難的親情與愛情困局。

接著他考慮改編普希金《吉普賽人》（早先譜過藝術歌曲），以及《上尉的女兒》但未果，爾後改寫之前根據果戈里短篇小說改編的早期歌劇為《皇后金縷鞋》

（Черевички, 1885），但諷刺喜劇與農村童話類型都並非拿手，又嘗試改編舞台劇《妖女》（Чародейка, 1887），但過於冗長，反應冷淡。兩度錯誤嘗試，再度回歸普希金後，才如魚得水。

第三度改編普希金的是中篇小說《黑桃皇后》（Пиковая дама, 1890），起初劇院建議，作曲家還相當抗拒，卻在翡冷翠度假時，突然如著了迷般忘我創作，六周內就完成。有時連負責劇本的胞弟新稿來不及寄到，作曲家就親自填詞，例如劇中公爵著名的告白詠嘆調。對照普希金與人物保持等距的全知觀點，歌劇採男主角軍官格爾曼的主觀視角。他犧牲老婦人與其監護的少女麗莎，在所不惜，只為取得賭牌贏錢的祕密。雖然心狠，但義無反顧，孤注一擲的執念，讓作曲家深受震動。原本從不上賭桌的德國裔工程軍官，一但陷入，就無法自拔；此國外人、局外人的雙重外人身分，對於性取向亦被視為外人的作曲家，應感心有戚戚焉。即便是個負面的反英雄（anti-hero），其信念「人生不過一場賭戲，善惡不過一場美夢」，不但註解全劇超越世俗道德觀的理念，在凱薩琳女皇的歷史背景下，彰顯的卻是浮士德式人本超越無限擴張的現代精神。

男主角格爾曼與女主角麗莎，首演時由蚡格氏（Finger）夫妻搭檔演出，但角色個性上，與格爾曼更加速配的，可能是闇黑角色伯爵夫人，最終與黑桃皇后祕密融為一體。劇中這位八旬老嫗懷想當年以「莫斯科維納斯」的盛名在巴黎走跳江湖，唱起十八世紀當紅的葛雷特利（André Grétry）歌劇詠嘆調，是全劇高潮段子；既優美又陳腐，頹廢與華麗完美融合，迴盪著老少皆懷抱著，為夢想不惜豁出一切，是宿命，也可能是悲劇的人生賭注。

不過柴可夫斯基的《黑桃皇后》並非唯一改編的歌劇版本。法國作曲家阿勒維（Fromental Halévy）早於一八五〇年改編為同名法語大歌劇（grand opera），奧地利作曲家蘇佩（Franz von Suppé）於一八六四年改編為德語輕歌劇（operetta），後者現今僅有序曲依然被演奏。第三次的普希金改編，作曲家本人也自認這是他的最高傑作，進入二十世紀，馬勒與拉赫曼尼諾夫都曾指揮過，精妙刻畫人物的華格納式主題動機（leitmotif）大獲好評，可見不僅受大眾歡迎，也是同業高度看重的成功改編。

V 次要俄國歌劇改編，與非俄語改編

五人團中迄今最被忽略的作曲家居伊（Цезарь Кюи，又譯庫宜、桂宜）主要以樂評尖酸不留情聞名，也曾三度改編普希金，涵括三種文類。一八八三年改編敘事詩《高加索的俘虜》（1822）是他最經常演出的歌劇，而一八八六年在比利時列日的演出，也創下五人團首位有歌劇在西歐演出的紀錄。一九〇〇年改編戲劇《瘟疫時的盛宴》（1832）向來是冷門的劇目，自二〇二〇年新冠疫情，反而受到青睞而演出。一九一一年改編小說《上尉的女兒》（1836），其中凱薩琳大帝的角色由次女高音演唱。特值得一提的是，這兩齣罕見歌劇皆由捷克指揮家納普拉夫尼克（Эдуард Направник）首演，而這位聖彼得堡馬林斯基劇院長駐指揮，本身也是作曲家，其最著名的俄語歌劇是一八九五年首演的《杜布羅夫斯基》（Дубровский），也改編自普希金一八三二年的同名小說，由柴可夫斯基胞弟默德斯特編寫劇本，主唱則是首演《葉夫根尼．奧涅金》連斯基的男高音索比諾夫。

普希金連未完成的創作都是歌劇的豐富靈感寶藏。達爾戈梅斯基（Александр Даргомыжский）花了七年時間包辦詞曲，一八五六年首演《露莎卡》（Русалка,

1829–32），不甚成功，名氣被後來居上的德佛札克（1901）同名捷克歌劇所掩蓋。更成功的歌劇，也是遺作，同樣改編普希金《小悲劇》的《石客》（Каменный гость），兩齣歌劇雖未廣為流傳，反諷的相通處，劇情都是陽世間遭逢不平，以陰間報仇來平反的主題。

除了俄國歌劇，普希金的影響力也擴散到其他語言的歌劇。雖然非俄語的改編不多，除了先前提及的法語及德語《黑桃皇后》，還包含了義大利歌劇：以《丑角》（Pagliacci）聞名的萊翁卡瓦洛（Ruggero Leoncavallo）創作了《吉普賽人》（Zingari）（1912），維持他一貫的義式寫實風（verismo），時空錯動，將原詩的比薩拉比亞（Bessarabia）往南移至多瑙河畔，而時間也向前推移至當代的二十世紀初；在倫敦首演時，頗受歡迎。

其實普希金對俄羅斯以外的歌劇最重大的影響是間接的：全球演出最多，最受歡迎的歌劇，比才的《卡門》（Carmen, 1875）。這齣法語包含無伴奏對白的喜歌劇（opéra comique），改編自梅理美（Prosper Mérimée）同名短篇小說（1845），而這位對俄語情有獨鍾的法國作家，當年也翻譯了普希金的《吉普賽人》，將詩體轉譯為敘事散文體（récit），更名為吉普賽人在法語也常稱呼的《波西米亞人》（Les Bohémiens）。1849 年他也出版了《黑桃皇后》法譯本；他將迄今法語仍常用的標題「La Dame de Pique」稍微更動譯為更貼近原文的「Pique Dame」在全球歷久不衰，常見程度遠勝於英語翻譯，也是柴可夫斯基等其他改編最常見的標題。

《卡門》故事來源多元，據稱主要是聽說的社會案件，但普希金的《吉普賽人》亦貢獻不小。男女主角名稱均改為西班牙名卡門與唐荷西，但原型個性設定依舊可溯。尤其卡門的反骨性格，不畏威權，對著長官祖尼伽哼唱「啦啦啦，你刺我啊，燒我啊」（Tralalalala, coupe-moi, brûle-moi）就活脫出自普希金原著。

VI 二十世紀俄語改編：拉赫曼尼諾夫、史特拉汶斯基及其他

二十世紀初俄國最受矚目的作曲家當屬拉赫曼尼諾夫。身兼鋼琴大師，除了可觀的鋼琴創作，他也寫了三齣獨幕歌劇，而兩齣就是改編普希金。《阿列科》（Алеко）（1893）是他二十歲在莫斯科音樂學院的畢業製作，取材普希金的敘事詩《吉普賽人》。雖然獲教授高度肯定；讚揚能掌控戲劇性、音樂性，尤其旋律與人聲的成熟駕馭；然

而在偌大的波修瓦劇院演出，亦凸顯他掌控大型劇場的功力有待磨練。律己甚嚴的他，日後也對其不屑一顧，僅當作如同當時俄國作曲家的必經之路，仿效義大利式歌劇老套路數的習作。

劇中傳唱最廣的曲調當屬男低音短曲（cavatina）「全營皆眠月兒高掛」，阿列科人雖離開文明，理應享受自由，卻仍為枷鎖羈絆，掛心舊愛。這首月夜愁，透過男低音夏里亞賓的演繹，連作曲家本人都嘆服其深邃動人，得以傳唱至今。此外，劇中的吉普賽舞蹈也不時在音樂廳單獨演出，這多虧一八九四年林姆斯基－高沙可夫先在聖彼得堡首演了舞蹈組曲，而全劇直到一八九九年才在首都的塔夫利宮首演，評價不俗。一來得感謝演唱主角的名角，二來還是托普希金之福：因為歌劇演出是紀念大作家百年冥誕的慶典活動之一。

這位讓習作歌劇起死回生的偉大男低音夏里亞賓，也是拉赫曼尼諾夫下一齣獨幕劇的繆斯：《小氣騎士》（Скупой рыцарь, 1906 [編按：或譯吝嗇騎士]），可惜雙方意見不合，歌者最後並未演唱這齣為他量身打造的角色。當然，這齣嘲弄父子為財反目互鬥的諷刺悲劇，也出自普希金的《小悲劇》，父親男爵橇開錢櫃的欣喜，比起當騎士時揮劍克敵，還更得意。值得一提的是，歌劇腳本的作者，涅米羅維奇－丹欽科，一八九八年與導演斯坦尼斯拉夫斯基，共同創立了影響西方劇場深遠的莫斯科藝術劇院。

最後一齣以普希金為本，對後世仍具影響的改編歌劇，應屬俄國二十世紀全球影響力最大的作曲家，史特拉汶斯基的《瑪芙拉》（Мавра, 1922），雖脫離早期震驚巴黎樂壇的野獸風，漸入新古典風；一方面挪用普希金一八三〇年詩作《科洛姆納的小屋》，保留原作女兒因母親反對，而引「郎」入室的民俗喜劇風情，改編為三要角的獨幕劇，又維持與芭蕾語彙的密切連結，由俄羅斯芭蕾首腦迪亞基列夫主導整體劇場風格。劇中著名女高音詠嘆調也改編為弦樂與鋼琴的器樂曲「俄羅斯之歌」，透過羅斯托波維奇的大提琴，或巴許米特的中提琴，繼續傳唱。

即便共產革命後，新蘇聯依舊繼續推崇普希金為國民詩人，特別是史達林在其一九三七年逝世百週年，特意盛大紀念。然而俄國歌劇改編普希金的風氣已然退場，也許因為多數適合搬上舞台的作品，均為先人挖掘殆盡，蘇聯時期最負盛名的雙峰作曲家：蕭士塔高維奇寫了四首普希金浪漫詩的藝術歌曲（1937），而普羅高菲夫除了生前未曾演出的《奧涅金》舞台劇配樂，還寫了兩首管絃樂《普希金華爾滋》（1949），其他皆無任何以普希金為本的歌劇創作。

而二戰後最重要的雙璧：謝德林（Родион Щедрин, 1932-）三度為無伴奏合唱譜過普希金，包括《奧涅金》；而施尼特克（Альфред Шнитке, 1934-1998）則在一九七九年紀念普希金一百八十週年冥誕推出的電視迷你影集，撰寫配樂，包括《瘟疫》中女聲歌吟，敘述村莊染疫而亡的慘狀，曲調動人。隨著傳播音樂媒介的多元，二十世紀的普希金改編，不再侷限於歌劇。

注釋：

[1] 引自亞薩菲夫（Boris Asafiev）的《葛令卡傳》（Glinka, Moscow, 1947）。

[2] 根據俄國音樂學者塔魯斯金（Richard Taruskin），作曲家謝洛夫亦曾考慮將其改編為具華格納風格的歌劇。詳見《俄羅斯歌劇與戲劇，1860 年代理論與實務》（Opera and Drama in Russia as Preached and Practiced in the 1860s, UMI Research Press, 1981）。

【編後記】

寫在瘟疫蔓延時——普希金走向現實的小說創作

文／丘光

閱讀普希金，幾乎是每一位俄國文學讀者的必經之路。普希金不枉自身的語言文學天才，吸收了歐洲文學的養分之後，從容自信地將之與俄國文化交融，開創俄國文學的新局面，引導後輩作家將十九世紀俄國文學帶向世界巔峰。翻譯普希金，在各國也是長久以來的重要活動。目前已知的第一部普希金中譯是一九〇三年出版的《上尉的女兒》，當時譯名為《俄國情史：斯密士瑪利傳》，由大清帝國派日留學生戢翼翬從日文轉譯而來，這可能也是俄國文學中譯的首作。中譯普希金這一百二十年來作品極多，每一部譯作有其時代意義；在我準備出版《黑桃皇后與貝爾金小說集：普希金經典小說新譯》之前，便思考：現今時空下，該如何呈現普希金？

在文學藝術的美感、俄國文化的再現等技藝層面，或可要求譯者、編者盡力追求，但我在讀這新譯本時有一個懸念，隱約感受到一個共通點，似乎要訴說該如何面對自己的人生機遇，或者，這是作者從浪漫主義轉換到現實主義的創作過程中冒出的各種自問自答與情節交纏使然，而這懸念若點出來並加以推演，應會對普希金的認識更加深刻——後來我試著在隨頁的注釋（文本與現實的交錯）、附錄的作家年表（文本與現實的平行對照）上補強這塊，想像在這類的文本對話輔助下，或許可以交出一個我閱讀視角下的普希金形象。

與此同時，普希金的影響不只於文壇，也及於其他的藝術領域如戲劇、音樂、美術等，因此我邀政大斯拉夫語文系鄢定嘉老師作文學導讀之外，也請台大外文系王寶祥老師以普希金與歌劇為題作跨界導讀，期待能給我們的讀者交會出一個豐富多棱面的普希金。

與浪漫主義道別

普希金迷信是眾所周知的，他年輕時算過命，結果算出他命不長，占卜師要他避白馬、白髮（即指淡黃色髮）人，據說就是這點讓他找了藉口放棄金髮的烏沙科娃，而娶了黑髮的岡察羅娃。一八二五年十二月上旬，普希金本來應友人邀約去彼得堡，不過他在半路上遇見野兔搶道跑過，迷信的他認為不祥而返回家中，月中，彼得堡發生了十二月黨人起義事件，事件之後有五位首領被處決，一百多位參與者被流放西伯利亞服苦役，其中有不少是普希金的友人。如果普希金當初如期抵達首都，很有可能參與此事件，隨之而來的無非就是流放苦役，但一隻野兔改變了他的命運，事後他也因而遭致批評沒跟昔日愛好自由的同志站在一起，儘管他表示自己是以寫作的方式與他們同在。十二月黨人起義是俄國社會變動的重要轉捩點，對普希金來說，經歷這番生離死別後，也許是他人生上、創作上與浪漫主義道別走向現實主義的關鍵時刻。儘管這兩種思維不是立即斷開，而是趨勢上對於事實、現實的琢磨漸漸強於情感、想像，這在接下來的敘事詩、戲劇和小說創作中越見明顯。

瘟疫困不住的創作力

一八二六年九月沙皇解除普希金的流放後，他更加在現實中「急於生活忙於感受」了——忙著社交、賭博、戀愛、決鬥、寫詩，終於在一八三〇年五月與岡察羅娃訂婚，看似生活就要安定了下來。不過好事多磨，由於未來岳母對他的挑剔，他必須去找錢來結婚，這年九月，與未來岳母吵架後，來到父親贈與他莊園的博爾金諾村辦理繼承等事務，不巧遇上霍亂疫情流行，被迫滯留在這鄉間莊園，過了三個月隔離的日子。

此時未婚妻遠在五、六百公里外的莫斯科，他沒有因為瘟疫而恐慌，反而在宜人的自然環境、思念戀人和思索人生機遇的化學作用下，創作力大爆發，成就了他第一次創作黃金期的「博爾金諾之金秋」。

《貝爾金小說集》的五篇小說僅花一個半月左右便完成，這是普希金第一部現實主義小說創作，他在這幾篇中，似乎在演練、辯證面對人生機遇時的兩種對立的情境：堅定意志強求，或審度現實順勢而為。

從旁觀的現實視角看自己

相傳普希金本人有過三十次決鬥，但實質進行開槍的只有其中四、五次，大多數都是喊一喊後取消，這種看似為了名譽尊嚴而戰的暴力對決，實際上就是個虛榮心遊戲。〈射擊〉和〈棺材匠〉都在玩這種虛榮心遊戲，前者以性命決鬥，後者以自尊下注，皆以堅定意志強求榮譽。

然而，〈射擊〉的第二男主角的人生成長安排頗令人驚喜。小說中經典的一幕是，希利維歐準備開槍時，面對吃著櫻桃、一派輕浮的對手（第二男主角），他無法對這種不在乎生命的人開槍，這一槍他保留到以後再開。事實上，邊吃櫻桃邊決鬥正是普希金年輕時做過的事，這種挑釁的傲慢態度，可是虛榮心遊戲的精要所在。對照小說情節與作者生平後，讓我們想像一下，你會發現希利維歐保留到最後要開那一槍的對手不是別人，而是此時準備要結婚的普希金哪！一個要結婚的人意識到自己將不再是一個人生活，看待現實的角度跟以往不同了。因此小說結尾安排那位新婚妻子卑微地衝去阻止希利維歐懇求別開槍，希利維歐於是看到了昔日輕浮的對手驚慌膽怯的表情，便滿足了復仇的願望，贏了這場虛榮心遊戲；而身為作者的普希金則藉此看到了自己，也贏得了現實主義小說一次實驗的成果——結局已經不再有英雄主義的歡呼或悲劇式的興嘆，取而代之的是現實視角的低語。

另外，〈棺材匠〉裡一場見了鬼的惡夢，也在〈黑桃皇后〉搬演，兩篇的主角皆透過鬼看清自己。原來棺材匠以前賣棺材並不老實；原來格爾曼以前待人處世都是虛偽的，只有想得到致富的三張牌祕密是真的。當伯爵夫人的鬼魂告訴他三張必勝牌的祕密：「有人命我來達成你的請求。3、7、A，這三張牌能讓你連贏三把。」——我不禁好奇，這「有人」是誰呢？不過就是格爾曼內心強求的意志吧！

〈驛站長〉其實是這集子裡現實層次最豐富的一篇，細膩刻畫了審度現實的每個瞬間，以及順勢而為的種種抉擇，可說是普希金現實主義小說創作的一大步。不過，這裡差不多要收尾了，閱讀普希金的美妙就留待讀者自行感受吧。

普希金年表

編輯、圖說／丘光

一七九九年

五月二十六日（此為俄國舊曆，新曆為六月六日，以下日期若無標示皆為俄國舊曆）亞歷山大・謝爾蓋耶維奇・普希金生於莫斯科日耳曼區的一個貴族家庭。父親謝爾蓋・利沃維奇・普希金是一名退休官員，母親娜杰日達・奧西波夫娜・漢尼拔的家族源自一位從非洲被轉賣至俄國的黑人僕役、後來成為彼得大帝的教子阿布拉姆・漢尼拔。

普希金的伯父瓦西里是一名詩人，也是普希金走上文學之路的啟蒙者。普希金自幼受法國家庭教師管教，八歲時已經會用法語寫詩。父母對普希金的教育並不關心，他從奶媽阿琳娜・羅季昂諾夫娜身上得到了缺乏的親情。農奴出身的奶媽經常給普希金講俄國民間故事與傳說，他從中習得豐富的俄國傳統文化語彙，也對民間創作產生了濃厚的興趣。

普希金的父親，漢普林（K. Hampeln）繪，1824 年。

普希金的母親，邁斯特（X. de Maistre）繪，1810 年。

普希金幼年，邁斯特繪，1800-1802 年。

一八〇五至一八一〇年

這幾年普希金都會到外祖母瑪麗亞·阿列克謝耶夫娜·漢尼拔的莊園度夏，莊園位於莫斯科省的札哈羅沃村，這裡的鄉村印象給予未來的作家許多創作材料。

一八一一年

八月，普希金考上彼得堡的皇村中學，十月，伯父陪同他入學。在學校結識了普辛、德維格、丘赫利貝克等人。

一八一二年

三月，沙皇亞歷山大一世發布募兵令，皇村中學教室裡的普希金和同學們可以從窗戶看到行軍而過的近衛兵，感受到戰爭的氣氛逼近。六月十二日，法軍主力渡過涅曼河，俄法戰爭（俄國稱「衛國戰爭」）開始。八月二十六日，博羅季諾戰役。九月二日，拿破崙占領莫斯科。十月六日，拿破崙放棄莫斯科，開始撤退。

普希金的伯父瓦西里畫像。瓦西里為人和善幽默，身為詩人的他鼓勵姪子寫詩、發表，並將小普希金介紹給文壇前輩。

普希金的奶媽畫像。詩人非常愛自己的奶媽，寫了〈冬夜〉、〈致奶媽〉等詩獻給她。當詩人1824年夏結束南方流放，回到母親家族莊園開始另一段流放時期——這種「域內流放」更令人感到孤絕，此時唯有奶媽陪伴詩人度過這不幸的青春歲月。

一八一四年

七月，普希金發表第一篇作品〈致詩友〉，刊登在當時的主流雜誌《歐洲通報》。

一八一五年

一月，普希金在升級考試中，公開朗誦自己的詩作〈皇村回憶〉，令在場的詩人傑爾札文十分讚賞，詩人想擁抱普希金作為鼓勵，普希金卻不好意思跑掉了。

一八一六年

三月，入選阿爾札馬斯文學社團成員，這是自由主義傾向的社團，在社裡的綽號是蟋蟀。六月至七月，普希金與住在皇村的卡拉姆金一家交流頻繁。這年普希金迷戀上同學巴庫寧的姐姐巴庫妮娜，寫了一系列詩獻給她。

一八一七年

六月，普希金在皇村中學畢業典禮上朗讀詩作〈無

普希金在皇村中學升等考試時朗誦詩作，列賓（I. Repin）繪，1911 年。

信仰〉；畢業後被授予十等文官在外交部任職。開始創作敘事詩〈魯斯蘭與柳蜜拉〉。這年寫了〈自由頌〉，鼓吹自由，抨擊專制，詩作抄本流傳甚廣，後來也因這類作品而遭流放。

一八一八年

年底，因寫短詩嘲諷中學同學丘赫利貝克而接受對方提出的決鬥，對方先開槍沒打中，普希金沒開槍，後來兩人和解。這是普希金人生中第一次實質進行的決鬥。據統計，普希金一生（大約從十七至三十八歲）共有三十次決鬥事件（有些資料甚至更多），但真正實質進行的只有四或五次，其餘皆事後取消。

一八一九年

七月，完成詩作〈鄉村〉。這年普希金向詩人雷列耶夫（後來的十二月黨人起義的首領之一）提出決鬥，因對方在公開場合講了侮辱普希金的玩笑，後來決鬥取消。

普希金所繪的丘赫利貝克（持槍者）與雷列耶夫，此為普希金想像1825年12月14日兩人參與十二月黨人起義時的情景。

詩人茹科夫斯基在十九世紀初的俄國詩壇引領浪漫主義文學風潮，被評論家別林斯基譽為「俄國文學的哥倫布」；他的作品對普希金有重大影響。

一八二〇年

三月，完成敘事詩〈魯斯蘭與柳蜜拉〉，詩人茹科夫斯基讚賞之餘，贈予普希金一幅自己的肖像畫，並在畫旁寫下著名的落款：「被打敗的老師給得勝的學生」。四月，一些詩作引起政府的不安，被彼得堡總督傳去解釋政治意圖。五月，被調職至南俄的比薩拉比亞省，形同流放；月底，與友人尼古拉．拉耶夫斯基將軍（一八一二年俄法戰爭的英雄）一家同行前往高加索。六月，開始寫敘事詩〈高加索的俘虜〉。八月，抵達克里米亞，前往古爾祖夫住在拉耶夫斯基將軍家，這趟南俄之旅中普希金對將軍的女兒瑪麗亞（後來婚後從夫姓為沃爾孔斯卡雅）更加愛慕，她的形象留存在普希金多部作品中。九月，抵達比薩拉比亞省首府基什尼奧夫，在英佐夫總督治下任職。十一月，前往基輔南方的卡緬卡拜訪拉耶夫斯基將軍的親戚達維多夫家族。英佐夫對普希金寬厚，容許普希金在南俄四處行走訪友。

尼古拉．拉耶夫斯基將軍在俄法戰爭多次參與重要戰役，被譽為「斯摩棱斯克之盾」。

〈高加索的俘虜〉手稿，其中有普希金所繪的自畫像（左下以手托下巴者）和拉耶夫斯基將軍的家人。

一八二一年

一月，與拉耶夫斯基將軍一家訪基輔。二月，完成〈高加索的俘虜〉，作品獻給拉耶夫斯基將軍。十二月九日至二十三日，與當地友人利普蘭迪少將同遊比薩拉比亞、敖德薩周遭地區；他被認為是提供普希金〈射擊〉這篇小說故事節情的人。

一八二二年

一月，與中校斯塔羅夫言語衝突，普希金赴約決鬥，兩人皆開槍沒打中對方。六月，與准尉祖伯夫因打牌賭博發生爭吵而決鬥，普希金在對方先射擊時還吃著櫻桃，結果對方沒打中，普希金沒開槍；這個事件後來被改寫到《貝爾金小說集》的〈射擊〉中。八月底，出版《高加索的俘虜》，印量約一千二百本，稿酬五百盧布。

一八二三年

五月，開始寫詩體小說《葉夫根尼．奧涅金》。六月，完成敘事詩〈巴赫奇薩萊噴泉〉。七月，

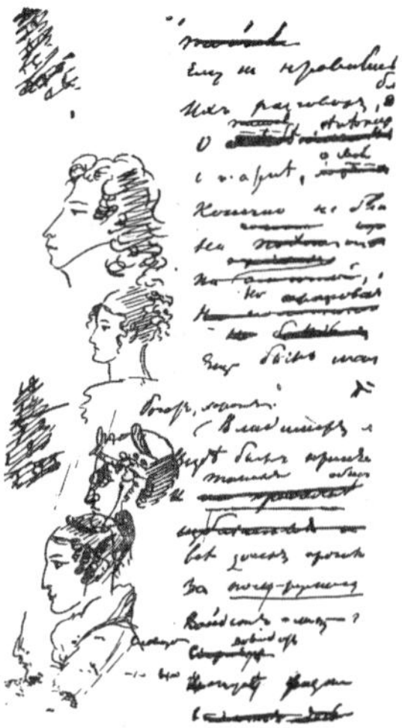

普希金的《葉夫根尼．奧涅金》手稿，右為第一章，其中有詩人想像的奧涅金畫像，左為第二章第十一至十二詩節，左側人像的最上方是詩人自畫像，下面是瑪麗亞．拉耶夫斯卡雅與阿瑪莉雅．麗茲尼奇。

新任總督沃隆佐夫成為普希金的長官，因行政區調整而轉到敖德薩任職。夏末初秋，普希金認識一位敖德薩商人的妻子阿瑪莉雅．麗茲尼奇，「像隻小貓纏著她」那般熱烈追求。九月，認識新總督的夫人沃隆佐娃，她在麗茲尼奇離開後成了普希金新的追求對象。十月，完成《葉夫根尼．奧涅金》第一章。十二月，與沃隆佐娃談戀愛。

一八二四年

三月，出版《巴赫奇薩萊噴泉》，印量約一千二百本，稿酬三千盧布。五月下旬，前往赫爾松等縣，被總督沃隆佐夫派去收集蝗蟲資訊，普希金認為是長官故意羞辱他。六月，提出退職申請。七月，收到退職令，在上級運作下被調至普斯科夫省流放；月底，離開敖德薩，行前寫下〈致大海〉向俄羅斯南方的海港生活告別，此詩也向數月前病逝於希臘軍營的拜倫致敬與告別。八月，抵普斯科夫省的米哈伊洛夫斯科伊村，住在此處母親的家族莊園。十月十日，給維亞澤姆斯基的信中提

普希金手稿中畫的拜倫（左）。英國浪漫主義作家拜倫對普希金的早期創作有較深影響，如〈高加索的俘虜〉、〈巴赫奇薩萊噴泉〉等這類東方題材的作品。

葉莉莎維塔．沃隆佐娃畫像。普希金離開敖德薩前，據說沃隆佐娃為他送行時贈送他一枚圖章戒指，作為兩人通信用的專屬封印，顯示兩人的關

係非比尋常。普希金非常喜愛這戒指，視之為護身符，並以此為題寫詩。這麼一位政治流放犯，敢跟自己直屬長官的夫人高調地談戀愛——我們只能請詩人佩脫拉克再說一次：
如果這不是愛情，
那是什麼呢？

到：「今天完成了敘事詩〈吉普賽人〉」。十一月七日，彼得堡洪水成災，在後來的《青銅騎士》中描寫了這場災難。年底，開始寫戲劇《鮑里斯．戈杜諾夫》。

一八二五年

一月，中學同學好友普辛到米哈伊洛夫斯科伊拜訪普希金。二月，出版《奧涅金》第一章，印量二千四百本。五月底，普希金向沙皇亞歷山大一世請求出國治療動脈瘤，信被母親調換，目的地改成去里加或其他城市。六月，舊識安娜．凱恩到米哈伊洛夫斯科伊附近的村莊拜訪親戚，普希金常去作客，對她產生曖昧情愫。七月，安娜．凱恩離開，普希金送行時給了她一疊詩稿，其中有一首是向她表白愛意的情詩〈致＊＊＊〉（或譯：致凱恩）。九月底，到普斯科夫治病。十一月，完成戲劇《鮑里斯．戈杜諾夫》；月底得知沙皇亞歷山大一世逝於塔干羅格的消息。十二月上旬，（可能是應友人普辛的請求）前往彼得堡，途中

普希金手稿中所繪的安娜．凱恩，他在獻給她的情詩中歌頌她是「純真的美的化身」，這位美的化身令流放中孤單的詩人心靈甦醒，且心中再度萌生出：崇拜、靈感、生命、眼淚與愛情。

伊凡．普辛是詩人二次流放時第一位去探訪的友人。普希金獻給他數首詩，稱他為「我最好的朋友，我珍貴無比的朋友」。

遇到一隻野兔搶先越過馬路，迷信的普希金覺得不對勁而返回米哈伊洛夫斯科伊。十二月十三至十四日，兩個早上寫完敘事詩〈努林伯爵〉；當他得知這篇寫完的同一天發生十二月黨人事件，不禁脫口而出：有奇怪的相似之處。十二月十四日，在彼得堡參政院廣場發生十二月黨人起義，參與者包括普辛等友人。十二月三十日，出版《普希金詩集》，印量一千二百本，稿酬八四八〇盧布。這年與家族領地管家的女兒奧莉佳·卡拉什尼科娃（農奴身分）談戀愛。

一八二六年

四月，茹科夫斯基來信通知：每位被逮捕的十二月黨人的文件中都搜到普希金未通過審查的政治詩作。六月，憲兵特務首領邊肯多夫出人意料地宣布，普希金未涉入十二月黨人案。七月下旬，普希金得知五位十二月黨人在七月十三日被處決的消息，其中包括詩人雷列耶夫。七月底，斯科別列夫將軍檢舉普希金的詩作〈安德烈·謝尼埃〉

普希金 1826 年畫的十二月黨人事件中的熟人，上下方畫有絞刑台，最上方寫了一行字：「但願我能在那時候……」——未竟的語意似乎透露著某種遺憾。

維亞澤姆斯基畫像。

1826 年 8 月 14 日普希金給維亞澤姆斯基的信提到十二月黨人事件：「絞刑犯被處死了；但一百二十位朋友、兄弟、同志的苦役刑罰太令人震驚了。」

的片段文字涉及十二月黨人事件，此為「阿列克謝耶夫案件」。九月四日，配合「阿列克謝耶夫案件」調查，在專員陪同下前往莫斯科；八日，抵達莫斯科，覲見沙皇尼古拉一世，沙皇宣布解除普希金的流放，以及他將親自擔任普希金作品的審查官；停宿在特維爾街的「歐洲飯店」；透過友人索博列夫斯基向費奧多爾．伊凡諾維奇．托爾斯泰提出決鬥（兩人主要過節是這位托爾斯泰謠言中傷普希金——流放南俄之前在祕密警察問話時被痛打一頓），因對方不在莫斯科而作罷；十日，在索博列夫斯基家朗讀《鮑里斯．戈杜諾夫》，聽眾包括恰達耶夫。九月至十月，認識波蘭詩人密茨凱維奇；認識五等文官烏沙科夫一家兩個女兒，愛上十七歲的姊姊葉卡捷琳娜（普希金婚前最後一位公開的戀人），此後經常在妹妹葉莉莎維塔的紀念冊上畫圖。十月下旬，出版《奧涅金》第二章。十一月初，離開莫斯科返回米哈伊洛夫斯科伊。十二月十九日，到莫斯科索博列夫斯基家作客；二十六日，參加為瑪麗亞．沃爾

上為葉卡捷琳娜．烏沙科娃的畫像，下為普希金手稿中的烏沙科娃形象；兩人本有結婚的打算，據說因為普希金迷信算命的結果而作罷。

費奧多爾．伊凡諾維奇．托爾斯泰生性浪蕩，好決鬥，曾參與俄國船隊環球航行，至美洲、亞洲等地探險，因而有「美洲人」的綽號。他與普希金曾有過節，雙方和解後也幫普希金到岡察羅娃家說媒。

孔斯卡雅（普希金流放南俄時期的愛慕對象）送行的晚會，她的丈夫因十二月黨人事件被判流放，她留下一歲的孩子給家人，自願去西伯利亞陪丈夫服刑。

一八二七年

一月初，送給前往西伯利亞的十二月黨人之妻穆拉維約娃一首向十二月黨人致敬的詩作〈在西伯利亞礦坑深處……〉。一月底，向莫斯科警察總長供稱，詩作〈安德烈．謝尼埃〉的內容是描寫法國大革命。一月至二月，畫家特羅皮寧為普希金畫肖像。二月，出版敘事詩《吉普賽人》。二月十五日，接受索洛米爾斯基提出的決鬥挑戰（為了女人爭風吃醋），但當天在索博列夫斯基等人的調停下雙方和解。五月十九日，離開莫斯科前往彼得堡。六月，出版敘事詩《強盜兄弟》，稿酬一千五百盧布。七月底，離開彼得堡回到米哈伊洛夫斯科伊；開始寫歷史小說《彼得大帝的黑奴》，內容是關於他的外曾祖父漢尼拔從一位被

瑪麗亞．沃爾孔斯卡雅與兒子在1826年的畫像。畫師似乎意識到她的高尚情操，因而讓畫面的人物布局令人輕易聯想到聖像畫的情節。

十二月黨人之妻穆拉維約娃的畫像。普希金藉由〈在西伯利亞礦坑深處……〉這首詩，請流放中的十二月黨人別放棄希望，他會以愛、友情與詩歌，同他們一起為自由奮鬥。

賣至俄國的非洲僕役在彼得大帝治下一路發展的故事。十月，從米哈伊洛夫斯科伊前往彼得堡。十二月，出版《巴赫奇薩萊噴泉》第二版。

一八二八年

四月，開始創作敘事詩〈波塔瓦爾〉。四月至十月，迷戀上安娜．奧列尼娜，向她求婚遭拒，普希金寫了數首與她有關的情詩。六月底，參議院針對〈安德烈．謝尼埃〉詩作一案做出決議：對普希金進行祕密監視。六月，退休上尉米季科夫的農奴向彼得堡都主教控訴，稱米季科夫為他們讀〈加百列紀〉詩作（普希金年輕時諧仿聖母領報情節的敘事詩）使他們墮落。七月至八月，與札克列夫斯卡雅談戀愛。七月底，奶媽阿琳娜．羅季昂諾夫娜過世。八月三日至五日，在〈加百列紀〉詩作一案審訊後供稱，這首詩不是他寫的，只是在中學時看過。十月，普希金書信向沙皇尼古拉一世坦白〈加百列紀〉是他所作。十二月六日，到莫斯科，在社交舞會上認識未來的妻子娜塔莉

普希金手稿中畫的安德烈．謝尼埃。這位法國詩人在法國大革命時因主張君主立憲制被逮捕，最後被送上斷頭台，是革命恐怖時期的犧牲者。〈安德烈．謝尼埃〉是普希金寫於十二月黨人起義前幾個月的詩作，詩人藉此作思索自身流放者的命運與處境。然而事件發生後被大量傳抄，標題也被有心人士改為「紀念十二月十四日」，普希金因而被牽連至叛亂罪官司。

掛在普希金故居的外曾祖父漢尼拔畫像（有些研究不認同此觀點）。普希金試圖藉《彼得大帝的黑奴》來探索自身與祖輩之間的脈絡，小說最終未完成。

雅．岡察羅娃，之後對這位莫斯科美少女展開熱烈追求。十二月中，在《北方之花》刊登敘事詩〈努林伯爵〉，後來有評論認為這是普希金離開浪漫主義走向現實主義創作的首作。

一八二九年

一月初，離開莫斯科前往彼得堡。一月三十日，普希金的友人亞歷山大．格里博耶多夫在俄國駐德黑蘭使館被當地宗教狂熱分子暴民殺死。三月上旬，到莫斯科；月底，敘事詩《波爾塔瓦》出版。五月一日，透過費奧多爾．伊凡諾維奇．托爾斯泰伯爵向娜塔莉雅．岡察羅娃求婚，沒得到確定答覆；離開莫斯科前往高加索。五月十五日，開始寫前往阿爾茲魯姆的旅行記錄，從北高加索的格奧爾吉耶夫斯克出發。五月二十七日，抵達提弗利斯。六月十一日，前往阿爾茲魯姆的途中遇見格里博耶多夫的屍體從德黑蘭運回俄國。六月十四日，參與俄土軍隊交戰；月底，俄軍占領阿爾茲魯姆。七月中，當地出現瘟疫，探視軍營

普希金自畫像，身穿高加索地區羊毛氈斗篷，頭戴城市人的圓帽；此畫反映出詩人在阿爾茲魯姆旅行時的樣貌和心理狀態。阿爾茲魯姆是鄂圖曼土耳其帝國統治下亞美尼亞的六個省之一，俄國欲解放同屬基督教的亞美尼亞。

普希金在 1829 年畫的格里博耶多夫。詩人在《阿爾茲魯姆旅行》中寫道：「我真沒想到有一天會遇見我們的格里博耶多夫！去年我們在彼得堡分手時，他很憂愁，還有奇怪的預感……他認為波斯王死後的宮廷鬥爭將會有流血衝突。不料，老國王還沒死，他的預言卻成真……他的屍身被毀容幾不可辨，只能從生前的某次決鬥後造成的手指斷痕認出他來。」

的瘟疫患者；二十一日，離開阿爾茲魯姆。九月下旬，抵達莫斯科，拜訪岡察羅娃家，受到冷淡的接待。十一月上旬，回到彼得堡。

一八三〇年

一月一日，中學同學德維格主編的《文學報》第一期出刊。一月七日，去信邊肯多夫，要求允許前往西歐或中國；月底，收到拒絕此要求的回信。三月四日，離開彼得堡前往莫斯科。三月十一日，布爾加林在《北方蜜蜂》第三十期刊出一篇〈趣聞〉詆毀普希金，這是布爾加林派攻擊普希金的開始。三月十二日，抵達莫斯科，在音樂會上遇到娜塔莉雅．岡察羅娃，當時尼古拉一世也在場。三月十七日，收到邊肯多夫的警告信，責怪普希金未經允許從彼得堡去莫斯科。四月五日，寫信給岡察羅娃夫人，說明對她女兒的感情；六日，再次向娜塔莉雅．岡察羅娃求婚，被接受。五月六日，普希金與岡察羅娃訂婚。六月底，莫斯科因霍亂疫情造成二十八人死亡。八月十八日，探

普希金畫的德維格。這是一位寫作不勤快的詩人，辦刊物卻很認真，辦過《北方之花》、《文學報》等。普希金曾說：德維格是世上跟他最親近的人。

普希金自畫像，反映他在阿爾茲魯姆旅行遇上瘟疫時的疲困樣貌。圖下有普希金俄文名的字首（АП）簽名，再下有三行附註：這是我在古姆里（亞美尼亞第二大城）瘟疫隔離中最悲慘的時候畫的，1829 年 7 月 28 日。

望臨終前的伯父瓦西里；兩日後伯父去世。八月下旬，到札哈羅沃旅行。八月三十一日，與未來的岳母衝突，婚禮推遲；離開莫斯科前往博爾金諾，為了接收父親留給他的莊園與農奴。九月九日，回信未婚妻岡察羅娃，說明因為附近地區受疫情影響，必須滯留在博爾金諾二十多天；完成小說〈棺材匠〉。九月十四日，完成小說〈驛站長〉；二十日，完成小說〈村姑大小姐〉。十月上旬，完成敘事詩〈科洛姆納的小屋〉；十四日，完成小說〈射擊〉；二十日，完成小說〈暴風雪〉；二十六日，完成戲劇〈莫札特與薩里耶利〉。十一月，完成戲劇〈石客〉、〈瘟疫時的盛宴〉。十一月底，離開博爾金諾前往莫斯科。十二月五日，通過沿途層層檢疫隔離管制終於抵達莫斯科；隔日，莫斯科解除封鎖。十二月底，出版《鮑里斯·戈杜諾夫》，稿酬一萬盧布。

一八三一年

一月十八日，得知最親近的好友德維格病逝的消

普希金的〈科洛姆納的小屋〉手稿，這首笑鬧敘事詩講一個男扮女裝變身廚娘（即圖中這位）的鬧劇，此作對俄國文壇甚至樂壇的啟發頗大。

普希金畫的岡察羅娃夫人。普希金與這位未來的岳母的衝突焦點在於嫁妝，1830年8月底兩人甚至發生激烈爭吵，不歡而散。由於岡察羅娃家族經濟拮据，拿不出一筆像樣的嫁妝，岳母卻基於種種理由堅持要等到嫁妝備妥了才嫁女兒，檯面下的理由或許不難猜到：普希金不富有、靠寫作賺不了多少錢、社會地位又不太有前途（被政權監視），因此婚事一拖再拖。

息，十分痛心。二月五日，抵押從家族繼承的兩百名農奴，貸款四萬盧布。二月初，在莫斯科市中心阿爾巴特街租下一間公寓作為新婚寓所。二月十七日，在家舉行婚前單身聚會，參加者包括弟弟列夫與維亞澤姆斯基等友人；十八日，在大尼基塔街的大耶穌升天教堂舉行婚禮。五月中，偕妻離開莫斯科前往彼得堡。五月二十日，認識果戈里。五月下旬，移居沙皇村。六月十五日，彼得堡開始出現霍亂病例；二十二日，乾草廣場因傳出霍亂病例引起群眾暴動；二十三日，沙皇尼古拉一世親臨乾草廣場平息暴動。七月六日，去信恰達耶夫談到對方的《哲學書簡》（此作引發俄國社會的西方派與斯拉夫派之爭），對他在書簡中偏好某些西方文化的觀點表示不同意見。九月初，完成〈沙皇薩爾坦的童話〉。十月中，移居彼得堡耶穌升天大道。十月下旬，出版《貝爾金小說集》，印量約一千二百本。十一月中，獲沙皇命令至外交部復職，年薪五千盧布。十二月初，出版《瘟疫時的盛宴》。十二月六日，被

娜塔莉雅（左）在普希金的〈青銅騎士〉手稿中的樣貌。

普希金的妻子娜塔莉雅．岡察羅娃，勃留洛夫（A. Brullov）繪，1831-32 年。普希金婚前曾形容她是「難以攻克的卡爾斯」（這是幾次俄土戰爭中雙方爭奪的一個邊境要塞），但困難的關鍵是未來岳母挑女婿的各種疑慮，除了嫁妝等金錢的問題要解決，據說最後娜塔莉雅堅決表示了對普希金的愛意才說服母親同意婚事。由於普希金因妻子的美貌而遭受流言誹謗導致決鬥致死，社會上便出現一些關於娜塔莉雅的負面故事，其中一個是關於婚禮的傳說——兩人在交換戒指時，普希金的戒指掉到地上，隨後他手持的蠟燭熄滅了，他面色發白地說：盡是壞兆頭！

擢升為九等文官。

一八三二年

一月，出版《奧涅金》第八章；月底，出版《普希金詩集》第三部，稿酬一萬二千盧布。五月十九日，長女瑪麗亞誕生。六月中，獲得出版報紙的許可。十月下旬，開始寫小說《杜布羅夫斯基》。今年開始寫《黑桃皇后》的初稿。

一八三三年

一月底，開始寫小說《上尉的女兒》。三月下旬，創作逾七年的詩體小說《奧涅金》集結出版，稿酬一萬二千盧布。七月六日，兒子亞歷山大誕生。八月十七日，與索博列夫斯基從彼得堡出發，前往奧倫堡和喀山四個月，收集普加喬夫農民起義的資料。九月五日，抵達喀山。九月十八日，抵達奧倫堡，停留三日期間由當地任職的友人達利（俄語辭典編撰者）為普希金導覽普加喬夫事件的歷史地點，並探訪事件的目擊者。十月一日，

弗拉基米爾．達利與普希金因童話創作而相識，兩人彼此欣賞。達利在普希金臨死前還趕去見詩人最後一面。

頓河哥薩克普加喬夫於1773至1775年領導哥薩克農民起義，反抗政府壓榨農民。普希金據此寫了《普加喬夫史》與小說《上尉的女兒》。

回程至博爾金諾的家族莊園，停留一個半月，其間完成〈漁夫與金魚的童話〉、〈青銅騎士〉部分篇章、〈普加喬夫史〉、〈死公主與七勇士的童話〉。十一月二十日，返抵彼得堡。十二月十二日，從邊肯多夫那裡取回〈青銅騎士〉手稿，上面有沙皇審查不通過的意見；三十日，受封為宮廷低級侍從（此官階與普希金的年齡不符，備受嘲笑的普希金認為是沙皇有意羞辱）。

一八三四年

二月二十六日，去信邊肯多夫，請求向國庫預支二萬盧布用於印製《普加喬夫史》。三月一日，小說《黑桃皇后》出版。三月四日，邊肯多夫回信，轉達沙皇同意的命令：國庫無息貸款二萬盧布印製該書，但書名須改為《普加喬夫叛亂史》。六月三日，去信妻子，憤怒地談到他們的通信都被警察祕密監看。六月二十五日，提請辭職，但希望能續留檔案室工作；三十日，收到邊肯多夫回覆：辭職照准，但不准續留檔案室工作。七月

普希金的〈青銅騎士〉手稿第二章。這部重要作品開啟了俄國文學中彼得堡主題的傳統，後繼者如果戈里、杜斯妥也夫斯基等作家進而發揚光大。

在普希金手稿中找到的這個人像，據推測是戈利岑娜公爵夫人，她是小說《黑桃皇后》中老伯爵夫人的原型。

三日，思及讀不到檔案資料就無法完成《彼得一世史》而收回辭職念頭，去信邊肯多夫，請求對方留下他的辭職信勿上呈。九月二十日，完成〈金雞的童話〉。十月下旬，普希金和茹科夫斯基在彼得堡大學旁聽果戈里講課。十月底，出版《普加喬夫叛亂史》。十一月初，在亞歷山大紀念柱揭幕前幾天離開首都，刻意不參加揭幕儀式。

一八三五年

三月一日，出版《西斯拉夫人之歌》。四月一日，出版《金雞的童話》；向彼得．施什金借款三千五百五十盧布，抵押披巾、珍珠、銀飾；此後到普希金過世前幾天，數次向此人借款，總金額約達一萬六千盧布。五月一日，出版《漁夫與金魚的童話》。五月十四日，第二個兒子格里戈里誕生。六月一日，去信邊肯多夫，說明自身的經濟狀況極為窘迫，請求准許去鄉村住三、四年；之後得到沙皇回覆拒絕這個請求。六月中，移居至小黑河的別墅。七月四日，去信邊肯多夫，再

左為果戈里繪的普希金，右為普希金繪的果戈里，下為阿列克謝耶夫繪的普希金與果戈里。結識普希金的文學圈之後，果戈里的文學創作進而蓬勃發展。

普希金手稿〈金雞的童話〉書名頁。

提六月一日的請求，並強調他會完全遵從沙皇的意志行事；之後得到沙皇回覆給予經濟援助及四個月的休假。十月七日，果戈里來信，請普希金寄回喜劇《婚事》的手稿並給予他意見，還提到開始寫《死靈魂》，並請求提供喜劇的情節材料。十月底，提供果戈里《欽差大臣》的情節。

一八三六年

一月，與作家弗拉基米爾．索洛古勃爭吵，因輾轉聽到對方在舞會上對妻子言詞不敬，普希金寫決鬥挑戰信給他，但挑戰信沒被送達；月底，索洛古勃透過友人轉告才得知普希金找他決鬥，他去信回覆接受挑戰；之後雙方在友人納曉金的調停下和解。一月下旬，普希金所作的一首諷刺教育部長烏瓦羅夫的頌詩〈魯庫爾痊癒了……〉流傳坊間，與上流社會關係惡化。三月二十九日，母親病逝。四月，普希金創辦的《現代人》雜誌出版第一期。五月二十三日，小女兒娜塔莉雅誕生。八月，完成詩作〈我為自己建了一座非人工

納曉金是一位文藝贊助者、收藏家，是普希金第二次流放結束後的親近好友，他在莫斯科的住宅甚至留有一間獨立房間給普希金住。

普希金給弗拉基米爾．索洛古勃書信手稿草稿中的自畫像，這也是普希金的最後一幅自畫像。畫面的左上角有幾排數字像是債務，也可能是未來的雜誌收入，但要維持龐大的家庭開銷和雜誌營運，這些數字金額總歸得付出去。因而從畫中似乎看得出，他被日常瑣碎、財務、流言誹謗和嫉妒折磨得煩惱又無奈的疲態。

的紀念碑……〉。九月一日，租下彼得堡市中心莫伊卡河濱的一棟公寓（生前的最後住處），房租每年四千三百盧布。九月十九日，完成小說《上尉的女兒》。十一月四日，普希金收到一封匿名誹謗信，內容暗示他的妻子與丹特斯關係曖昧，稱他戴了綠帽子。十一月五日，普希金寫決鬥挑戰信給丹特斯，信交給丹特斯的養父荷蘭駐俄公使赫克倫；次日，赫克倫來訪，轉達決鬥延後十五天。十一月中，與赫克倫會面，對方聲稱丹特斯要娶普希金的妻姊葉卡捷琳娜·岡察羅娃為妻，普希金考量後取消決鬥。十一月二十七日，出席葛令卡的歌劇《伊凡·蘇薩寧》首演，此劇後改名為《為沙皇獻身》。

一八三七年

一月十日，丹特斯與葉卡捷琳娜·岡察羅娃舉行婚禮。一月中下旬，普希金發現婚後的丹特斯仍纏著他的妻子娜塔莉雅，同時誹謗普希金夫婦的流言不曾止息。一月二十六日，給赫克倫一封措

普希金與丹特斯的決鬥，納烏莫夫（A. Naumov）繪，1884 年。畫面左邊是決鬥見證人正要把負傷的普希金抬上雪橇送回家。

詞侮辱的信，怒斥他「指使養子（丹特斯）做出下流勾當」，對方回信以丹特斯之名提出決鬥。一月二十七日，為捍衛自身與妻子的名譽，下午四點半在彼得堡北郊小黑河與丹特斯決鬥，普希金先中槍受重傷，堅持回開一槍也打傷對方，傍晚六點被送回家治療。一月二十九日，傷重不治，從早上開始脈搏減弱，臨終前要求吃醃漬雲莓，妻子娜塔莉雅餵了他幾口後，下午二點四十五分逝世。一月三十一日夜，遺體移至馬廄廣場教堂；隔日，舉行安魂彌撒。二月五至六日，移靈至普斯科夫省聖山修道院，埋葬在母親墓旁。

聖山修道院與普希金之墓。

普希金為了莫斯科的新婚生活，在市中心阿爾巴特街上租的寓所，現在是普希金故居紀念館，房外牆上的牌匾刻著：一八三一年二月初至五月中，普希金曾在這間房子住過。

普希金肖像，基普連斯基（O. A. Kiprensky）繪，1827 年。這是普希金的好友德維格所訂製的畫。畫面的焦點在人物的面容上，普希金的臉龐明亮而堅毅，篤定的眼神看向一旁的繆斯雕像，彷彿要說自己將不負繆斯所托，力求發揚詩藝，雙臂自然交疊在胸前展現出成熟自信，肩上搭一條蘇格蘭格紋披肩，不單是流行的配件，也襯托出彼時的浪漫主義情懷（令人聯想到拜倫）。普希金這時候被解除流放不到一年，正想要大展身手一番，在友誼、愛情、生活，以及揉合這一切的創作道路上。他這眼眸望過去的一瞬間，心底是否浮起了〈射擊〉中希利維歐的念頭：「如今我的時機到了……」